Hotel mit Meer und Liebe

EIN OSTSEE-KÜSTENROMAN

LIV STRAND

Liv Strand

Für all euch Frauen, die ihr Mut beweist und eure Träume in Angriff nehmt. Ihr seid toll! Lasst euch nicht unterkriegen!

L.S.

Kapitel Eins

Es gibt Menschen, die sind einem auf Anhieb sympathisch. Bei Karl Dross ist das leider nicht der Fall.

»Und wer ist Ihr Partner bei diesem Bauvorhaben?«

Karl Dross arbeitet als Sachbearbeiter im Reriker Bauamt, ist sehr dünn, hat sensible Haut und ein filigranes Nervenkostüm, was ich daran erkenne, wie er ungeduldig den Kugelschreiber auf und zu drückt, auf und zu, auf und zu. Allerdings hat er Stil: Zu seinem hellbraunen Pullover von Tommy Hilfiger trägt er ein hellblaues Hemd und eine ebenso blaue Hose. Und dennoch: Wir beide, Karl Dross und ich, werden nicht warm miteinander. Was daran liegen könnte, dass Kalle, wie ich ihn in Gedanken nenne, darauf aus ist, mir das Ausfüllen des Bauantrags möglichst zur Hölle zu machen, seit ich beim Hinsetzen so heftig gegen seinen Schreibtisch gedonnert bin, dass ihm der heiße Kaffee, an dem er gerade vorsichtig genippt hatte, auf den Pullover gekleckert ist. Dem hellbraunen. Von Tommy Hilfiger.

Dabei ist es so verdammt wichtig, dass dieser Bauantrag genehmigt wird. Meine komplette Zukunft hängt davon ab. Hätte mir vor fünf Jahren, ach was, vor einem Jahr, jemand gesagt, dass ich ausgerechnet in Rerik sesshaft werden wöllte, hätte ich ihn ausgelacht. Aber nach allem, was im letzten Jahr passiert ist, inklusive Papas Tod, hat sich alles so gefügt. Und obwohl ich furchtbare Angst davor hatte, hierher zurückzukehren, fühlt sich die Ostseebrise wie Zuhause an und das Salz auf meinen Lippen schmeckt nach Heimat.

Da ich nicht die einzige bin, die ihr Geld in meine Idee steckt, sondern meine beiden Schwestern Annie und Elin genauso mit drinhängen – wenn auch nur finanziell – muss dieser Bauantrag unbedingt genehmigt werden. Un-be-dingt.

»M...mein Partner?«, stammele ich.

»Ja. Für das Bauvorhaben.« Kalle wartet mit schräg gelegtem Kopf und hochgezogenen Augenbrauen auf meine Antwort.

Aber alles, was in meinem Kopf herumgeistert ist: Wir leben verdammt nochmal im einundzwanzigsten Jahrhundert – da wird ja wohl eine alleinstehende Frau einen Bauantrag stellen können! Vielleicht bin ich mit meinen sechsundzwanzig Jahren noch recht jung, aber doch nicht doof! Ich bin durchaus im Stande, mir ein Bauunternehmen zur Seite zu holen, das mich dort unterstützt, wo ich Hilfe brauche. Wofür also ein Mann an meiner Seite?

Gut, dann gibt es jetzt zwei Möglichkeiten. Nein, drei:

a) Zugeben, dass ich Single bin. Die Folge: keine Genehmigung.

b) Mich darüber aufregen, dass sich eine solche Frage in Zeiten des Feminismus und der Gleichberechtigung nicht gehört, damit die gesamte deutsche Bürokratie auf den Kopf stellen und – keine Genehmigung erhalten.

c) Lügen. Ich könnte behaupten, ich hätte einen Kerl und wenn das irgendwann mal überprüft werden sollte, könnte ich behaupten, wir hätten uns getrennt. Bis dahin ist die Baugenehmigung ja hoffentlich erteilt. Ob die das vor der Genehmigung überprüfen? Aber wie? Die werden ja wohl kaum einen Privatdetektiv anheuern. Oder ob ich Beweise erbringen muss? Fotos mit meinem Partner? Das wäre kein Problem. Von mir und Justin gibt es einige, die sehen so aus, als wären sie gestern entstanden. Dabei sind sie fast ein Jahr alt. Entstanden vor diesem ganzen Debakel in Bali.

Bali. Eine Gänsehaut überzieht meine Arme.

Aber wie erkläre ich, dass mein Partner zur Antragstellung nicht hier ist?

Arbeiten! Ha! Er ist arbeiten. Logisch.

»Also, ähm, mein Partner ... der ist ... der ist ...«

Hinter mir geht die Tür auf und Kalles Augen verengen sich für den Bruchteil einer Sekunde, dann sieht er wieder mich an und das mit einer Intensität, dass ich das Gefühl habe, plötzlich die wichtigste Person seines Lebens zu sein. Interessant. Warum tut er auf einmal so, als wäre unser Gespräch überlebenswichtig für Reriks Bürger?

Neben mir taucht eine graue Hose auf. Ich blicke hoch. Ein Mann mit ebenso grauem Blazer, weißem Hemd und dichtem, dunklem Haar bleibt unschlüssig neben mir stehen. Er scheint etwas sagen zu wollen, zu Kalle, aber weil der so in das Gespräch mit mir vertieft ist, traut er sich nicht. Aber ich traue mich – ich brauche diese verdammte Baugenehmigung und ich werde darum kämpfen mit allen Mitteln, die mir zur Verfügung stehen. Auch wenn ich dafür ganz tief, wirklich ganz, ganz tief sinken muss.

Ich springe von meinem Stuhl auf, schwinge die Arme um den Hals des Fremden und rufe: »Da bist du ja, Babe!« Und im nächsten Moment, bevor er überhaupt reagieren kann, ziehe ich seinen Kopf zu mir hinunter und drücke meine Lippen auf seine.

Teufel, ich werde ihm das hier sicher erklären müssen, aber für den Moment hoffe ich einfach, dass er mitspielt und mich nicht blamiert und meinen Bauantrag gefährdet, indem er diese kleine Winzigkeit aufdeckt, dass wir uns im Leben noch nie begegnet sind.

Aber er hält still. Und ich rieche sein Aftershave. Mmmh, so schön herb. Riecht dieser Mann gut! Aber die Show muss reichen. Ich will seine Geduld nicht überstrapazieren. Und Kalle hat sicher genug gesehen.

Ich lasse von dem Fremden ab und sehe ihm zum ersten Mal ins Gesicht. Er ist kein Hässlicher. Im Gegenteil. Seine Augen sind grünbraun, die Wimpern voll und die Nase perfekt geformt. Ein bisschen zum neidisch werden. Und das Beste: Er ist in meinem Alter. Vielleicht ein wenig älter, aber definitiv nicht zu alt. Ich lächele entschuldigend und lege ihm einen Arm um die Taille (schmal), die andere Hand auf seine Brust (fest), und den Kopf an seine Schulter (stark). Da trainiert offensichtlich jemand.

»*Das* ist mein Partner«, sage ich und bete, dass mich der Kerl nicht auffliegen lässt. *Bitte, bitte, spiel mit. Mach es nicht noch peinlicher als es eh schon für mich ist*, flehe ich ihn telepathisch an. Und entweder erreicht ihn meine stumme Botschaft oder er ist zu überrascht, um irgendetwas sagen zu können.

Kalle bekommt den Mund nicht mehr zu. Der Mann neben mir räuspert sich, worauf Kalle wie aus einer Trance erwacht. »Ich meinte eigentlich den Baupartner – Architekten, Baufirma – irgendwie sowas.«

Scheeeeeeiii......!!!!! Das ist jetzt nicht wahr. Das passiert hier jetzt nicht gerade. Oh Himmel, mach, dass sich der Boden auftut und ich darin verschwinde.

Der Mann an meiner Seite räuspert sich. »Ah, das hat mein ... *Babe* ... wohl missverstanden«, sagt er und sein Arm zieht mich noch dichter an ihn. Meine komplette Hälfte, die an seiner Seite, prickelt. Tut er das gerade wirklich? Ein völlig Fremder zieht mich im Moment meiner peinlichsten Peinlichkeit an sich, um – ja, was? – um mir beizustehen? So etwas hat noch nie jemand für mich getan. Ich war immer stark für mich selbst. Noch nie war jemand stark für mich. Vielleicht sollte ich mit diesem Kerl mal ausgehen.

Kalle nickt. »Offensichtlich. Chef.«

Chef? Moment! Halte ich hier etwa Kalles Amtsleiter im Arm? Okay, das war's dann mit dem gemeinsamen Date. Weder kann ich mit einem *Beamten* ausgehen noch mit einem Kerl, der Einfluss darauf hat, ob mein Bauantrag genehmigt wird oder nicht. Das wäre schon ziemlich dreist.

Oder die Chance meines Lebens.

Nein. Es wäre dreist. Und ein Typ im Anzug, der im Rathaus arbeitet und sich als Beamter den Hintern breitsitzt – wobei dieses Vorurteil zugegebenermaßen weder auf ihn noch auf Kalle zutrifft – passt eh nicht zu mir. Ich brauche jemand flexibleres, einen Abenteurer. Ich dachte immer, es wäre Justin, den ich brauchte. Bis die Sache in Bali passiert ist.

Also doch besser den Amtsleiter? Aber, hallo?! Erde an Ida! Dieser Typ ist eine satte Neun. Nur ein Punkt Abzug für den Job und den Anzug. Wahrscheinlich ist er verheiratet und hat zwei Kinder. Oh Gott, und jetzt denkt Kalle, sein Chef würde seine Frau betrügen und wird es seinen Kollegen erzählen und die erzählen es ihren Nachbarn und so wird es sich in ganz Rerik rumsprechen – denn das tut es in solchen Dörfern immer – und dann erfährt es seine Frau und die wird sich von ihm trennen und seine armen Kinder haben dann zwei Zimmer und müssen alle paar Tage umziehen und werden nicht wissen, wo sie hingehören. Sie werden Therapie brauchen! Und all das, weil eine fremde Frau im Bauamt ihren Vater geküsst hat. Was bin ich nur für ein Mensch?

»Schmalzer und Schmalzer«, sagt Kalles Chef in meinem Arm. Ich sehe ihn verwirrt an. Dieser Mann ist ziemlich groß, so von seiner Schulter aufwärts betrachtet. Er blickt mir ernst ins Gesicht. »So heißt die Baufirma, mit der du dein Projekt umsetzen willst.« Und völlig unnötig fügt er hinzu: »Babe.«

Kalle notiert die Baufirma, bevor ich Einspruch erheben kann.

Mist! Was hat dieser Kerl vor? Ist das seine Rache für den sexuellen Übergriff eben? Wahrscheinlich ist sie die teuerste an der ganzen Ostseeküste. Und jetzt steht sie im offiziellen Bauantrag. Mist, Mist, Mist!

»Setzen wir uns?«, fragt der Fremde, der mich noch immer in seinem Arm hält, und ich kann nur benommen nicken. Natürlich sollten wir uns setzen. Als mein Partner hat er wohl ein Recht darauf, bei der Antragstellung dabei zu sein. Na, herrlich. Wenn der mir jetzt auch noch Parkett statt Laminat aufs Auge drückt, lasse ich seinen Namen unter die Finanzpartner setzen!

»Wenn Sie möchten, kann ich auch Ihren Namen als Bauherren eintragen?«, fragt der Beamte und starrt den Kerl neben mir erwartungsvoll und irgendwie ... ungläubig an. Ja, ich glaube, da ist eine Spur Zweifel in seinem Blick. Kalle wird doch wohl nicht in Frage stellen, dass das zwischen mir und diesem zufällig dahergelaufenen Amtsleiter was ernstes ist oder nicht. Mh. Aber wenn der mysteriöse Fremde, der so gut riecht und mich so beschützend an sich gezogen hat, die Frage verneint, wirkt das schon komisch.

»Sicher«, sagt der Typ prompt. »Philipp Jansen. Philipp mit einem L und zwei P.« Er sagt es, als hätte er es schon oft sagen müssen. So wie »Pfeiffer, mit drei F« oder so.

»Ich weiß«, sagt Kalle trocken. Irgendwas an der Art, wie die beiden miteinander sprechen, sagt mir, dass sie keine Freunde sind. Bad vibrations in the house.

»Da bin ich mir nicht sicher«, sagt Philipp mit einem L und zwei P schroff. Sag ich doch: bad vibes im Reriker Rathaus.

Aber da kommt mir in den Sinn, dass Philipp Jansens Name in meinem Bauantrag enorme Nachteile für mich haben könnte. Rechtlich. Was, wenn er mit diesem einen kleinen Namen im Antrag das gesamte Projekt gefährden könnte?

»Moment, nein!«, rufe ich dazwischen und beide Männer schauen mich verblüfft an. »Sein Name soll da nicht drinstehen.«

»Aber warum denn nicht, Babe? Vielleicht hat das ... Vorteile für dich.« Verschwörerisch hebt Philipp mit zwei P eine Augenbraue. Verschwörerisch und ... verführerisch. Er ist wirklich attraktiv. Der Mann mit der Frau und den zwei kleinen Kindern.

Aber klar, er hat schon recht. Der Name des Bauamtsleiters auf meinem Bauantrag – das könnte die ganze Angelegenheit in trockene Tücher bringen. Vielleicht sogar beschleunigen.

»Einverstanden«, sage ich und Kalle notiert auch noch den Nachnamen. »Gut, dann brauche ich bitte Ihre letzte amtliche Anschrift.«

»Oh.« Mist, auf diese Frage bin ich nicht vorbereitet. »Wofür ist das nötig?«

»Steht hier im Formular«, sagt Kalle trocken.

Das ist die nichtssagendste Erklärung der Welt. Deutsche Bürokratie. Oder ist das schon europäische? Ach, was weiß ich. Auf jeden Fall ist es keine Frage, die mich gut aussehen lässt. »Nun ... da gibt es ein kleines Problem. Ich ...« Wie sage ich das jetzt, ohne wie eine Obdachlose zu wirken? Oder schlimmer: Wie eine Kriminelle. »Streng genommen hatte ich seit Jahren keine feste Adresse mehr.«

»Wollen Sie mich auf den Arm nehmen?« Kalle hebt eine Augenbraue und ich spüre Philipp Jansens Blick auf mir. Super, jetzt halten sie mich doch für eine Obdachlose. Prima. Ich knete meine schwitzenden Hände in meinem Schoß.

»Also ... die Sache ist die: Ich bin bei meinem Vater sehr früh ausgezogen und habe dann ein paar Jahre bei Freunden gelebt. Heute würde man das Couchsurfing nennen und es wäre cool.« Mein

Lachen trifft leider nicht auf Verständnis. In Rerik scheint Couchsurfing noch nicht angekommen zu sein. Dabei ist das so ziemlich das Coolste, seit Ed Sheeran auf Jennifer Anistons Couch geschlafen hat, als er noch ein No Name war. »Und ... äh ... dann habe ich mir einen Camper ausgebaut und bin damit ... einfach ... losgefahren.« Kalle sieht mich an, als hätte ich den Verstand verloren. Was auf meine damalige Situation absolut zutrifft. Er kann ja nicht wissen, wie heilsam die Reise mit Holly war, dass sie mir geholfen hat, zu mir zu finden, den ganzen Mist mit meinem Vater hinter mir zu lassen und nach der Sache in Bali die einzige Sicherheit war, die ich noch hatte.

Nein, er kann all das nicht wissen. Ob er gleich das Ordnungsamt ruft, um mich entfernen zu lassen? Dann war es das mit dem Bauantrag. Also rede ich einfach weiter, versuche, irgendwie diese merkwürdige Situation zu überbrücken. »Ich war fünf Jahre unterwegs. Drei Kontinente. In Indien war ich die längste Zeit. Dort habe ich mich zur Yoga-Lehrerin ausbilden lassen, aber jetzt bin ich sechsundzwanzig und möchte ein Unternehmen gründen. Ein Yoga- und Bewegungszentrum hier in Rerik und YouTube-Vlogs mache ich auch seit ein paar Jahren. Vlogs sind sowas wie Blogs, nur mit Videos. Verstehen Sie?«

So wie mich Kalle ansieht, versteht er kein Wort. Er sagt: »Und was war jetzt Ihre letzte amtliche Adresse?«

Ich lecke mir über die trockenen Lippen und

schlucke. »Das muss dann wohl hier in Rerik gewesen sein.«

Er setzt den Stift an. »Straße und Hausnummer.«

»Am Wäldchen Fünfzehn.« Ich schlucke schwer. Dass diese Adresse je wieder mein Zuhause werden würde – wer hätte das gedacht. Dass ich es in dem Haus überhaupt aushalte, ist ein Wunder. Diese Sanierung und der Ausbau der Scheune sind so furchtbar wichtig. Ich muss alles auf den Kopf stellen, um *ihn* aus dem Haus zu bekommen. Es klingt esoterisch, aber ich brauche diese bauliche Veränderung dringend, um all die bösen Geister zu vertreiben. Die Geister meiner Kindheit. Für mich spukt noch immer mein gewalttätiger Vater in diesem Haus herum und bevor der nicht vertrieben ist, bekomme ich dort kein Auge zu. Und das hat nichts mit Bali zu tun. Gar nichts.

Zehn Seiten Formular müssen wir ausfüllen und es ist nicht so, als hätte ich mich nicht auf diesen Termin vorbereitet, aber ich bin verdammt froh, dass mir Kalle – und zugegeben auch Philipp Jansen – dabei helfen, alles richtig auszufüllen, denn verdammt: Es gibt so viele Details, an die man denken muss, und die alle mit Begriffen bezeichnet werden, die ich in meinem Leben noch nie gehört habe. Ich fühle mich, als würde ich eine andere

Sprache sprechen und die beiden übersetzen es dann ins Bürokratisch-Deutsche.

»Ich muss das Dach machen lassen – wie heißt das noch gleich? Sie wissen schon, das mit dem starren Heu obendrauf.«

»Ein Reetdach«, übersetzt Philipp Jansen und in dem Moment, in dem er es ausspricht, komme ich mir furchtbar dumm vor.

»Das, genau.« Es ist nicht so, als hätte ich noch nie etwas von einem Reetdach gehört – immerhin bin ich hier aufgewachsen – aber erstens habe ich seit fünf Jahren kein Deutsch gesprochen und die Worte sind mir noch nicht wieder so geläufig und zweitens sitzen wir hier seit einer gefühlten Ewigkeit.

Kalle blättert um – die letzte Seite. Endlich! Bald kann ich hier raus und muss nicht länger neben Philipp Jansen, dem Bauamtsleiter, sitzen. Dem sehr heißen Baumamtsleiter. *Dem mit der Frau und den zwei Kindern.* Reiß dich zusammen, Ida! Immerhin geht's hier um deine Zukunft.

Wenn der Bauantrag nicht genehmigt wird, kann ich mein Vorhaben vergessen. Dann war's das mit dem Yoga- und Bewegungszentrum und dem Gasthaus. Was mache ich dann? Wieder kellnern?

»Gut«, sagt Kalle nach fast einer Stunde in diesem stickigen Raum mit dem grellen Licht und haut seinen Stempel so fest auf das Dokument, dass ich zusammenzucke. »Sie hören in etwa drei Monaten von uns.«

Mir klappt die Kinnlade runter. »Drei Monate?!«, höre ich mich sagen und klinge dabei wie Kreide, die quietschend über eine Tafel gezogen wird.

»Standardbearbeitungszeitraum.«

»Drei Monate?«, kann ich nur wiederholen. Ich sollte etwas Schlaueres sagen, als ständig nur »drei Monate«. Das bringt mich nicht wirklich weiter. »Aber ich muss anfangen! Muss Gewerke beauftragen, Material beschaffen ... Ich kann keine drei Monate nichts tun und dann erst mit der Sanierung beginnen – dann ist Winter und man kann gar nichts am Haus machen!« Außerdem ist es jeden Tag möglich, dass meine Spießerschwester Annie ihren Anteil wieder rauszieht, weil sie es plötzlich doch für ihr eigenes Haus braucht. Das wird sie erst recht tun, wenn sie hört, dass ich nach drei Monaten Wartezeit weitere drei Monate wegen der Winterzeit verliere. Mir wird ja selbst ganz schlecht bei diesem Gedanken. Dann könnte ich nicht wie geplant zur Weihnachtszeit erste Gäste begrüßen, sondern erst ... im Sommer! Oh Gott der Bauherren, steh mir bei!

»Wäre es nicht möglich, eine Ausnahme für Frau Kohnke – ich meine Ida – zu machen?«

Da schau an – Philipp mit einem L und zwei P hat irgendwann in der letzten Stunde meinen Namen auf dem Dokument gelesen und ihn sich gemerkt.

Kalle wirft ihm einen abschätzigen Blick zu. »Das wäre aber ungerecht den anderen Antragstellern gegenüber, finden Sie nicht, Herr Jansen?«

Philipp mit einem L und zwei P zuckt die Schultern und macht ein entschuldigendes Gesicht. Ob die

Entschuldigung an mich oder an die anderen Antragsteller gehen soll, ist mir nicht ganz klar und im Moment auch herzlich egal. Es hilft nichts. Kalle hebt einen etwa dreißig Zentimeter hohen – sehr wackeligen – Dokumentenstapel an und schiebt mein Antragsformular vorsichtig an unterste Stelle.

Philipp mit einem L und zwei P beugt sich vor. »Das ist ein sehr hoher Stapel.« Will er Kalle Mitgefühl schenken, um unsere, äh, ich meine *meine*, Situation zu verbessern?

»Ist ja auch viel Arbeit.«

»Wie oft wird der bearbeitet?«

»Wann immer es die Zeit zulässt.«

»Hm«, macht Philipp mit einem L und zwei P und klingt dabei nicht sehr viel intelligenter als ich vorhin mit meiner »Drei Monate!«-Hysterie-Dauerschleife.

»Auf Wiedersehen«, sagt Karl Dross und ich verstehe die Aufforderung, aber bin wie gelähmt. Drei Monate. Das darf nicht sein. Damit ist mein Zeitplan hinfällig, zerstört, am Ar...

Ist das ein Zeichen? Ist das ein Wink des Schicksals, meine Pläne zu vergessen? Was, wenn das Bewegungszentrum floppt? Was, wenn das Gasthaus nicht gut ankommt? Was, wenn meine ganze Idee völliger Schwachsinn war – eine Schnapsidee, wie Gerti vom Supermarkt gesagt hat, als ich ihr von dem Projekt erzählt habe. Gut, Supermarkt-Gerti war noch nie bekannt für innovative Business-Strategien, was man ihrem Laden auch ansieht, und sie war gerade damit beschäftigt, Dosen ins Regal zu räumen, aber sind es nicht gerade die einfachen Ideen, die funktionieren? Wenn aber meine Idee noch nicht mal Supermarkt-Gerti begeistert – wen denn dann?

Wie benommen stehe ich auf und lege mir den Riemen meiner Berbertasche über die Schulter. Die Blicke von Kalle und Philipp mit einem L und zwei P hängen auf mir – ob sie mir meine Erschütterung ansehen?

»Ich muss hier noch was klären ... Babe. Aber warte doch vor der Tür auf mich.« Philipp mit einem L und zwei P sieht mich an, als hätte er Sorge, den Defibrillator aus dem Eingangsbereich holen zu müssen. Wahrscheinlich will er deshalb, dass ich auf ihn warte. Aber das werde ich sicher nicht tun – keine Sekunde länger bleibe ich in diesem Gebäude. Ich will hier nur noch weg. Alles und jeder hier hat mir das Gefühl gegeben, als wäre meine Idee lausig und ich nicht gut genug. Und ganz ehrlich: Habe ich das nicht in all meinem Tun bestätigt? Wer zum Henker wächst an der Ostsee auf und weiß nicht, dass man Reetdächer Reetdächer nennt? Wer zum Henker versteht die Frage nach einem Baupartner so grandios falsch, dass er aus letzter Not den verdammten Bauamtsleiter küsst? Ich bin ... ich bin geschlagen. Ja, das ist es. Dieser Termin hat mich geschlagen. Plus die drei Monate Baugenehmigungszeit. Ich brauchte die Wintermonate, um erste Rezensionen von Gästen zu sammeln. Nur mit ausreichend Rezensionen – guten Rezensionen –

kann ich auf ein gutes Sommergeschäft hoffen. Aber eine Baustelle kann ich nicht eröffnen, was bedeutet, dass ich zum Frühjahr keine Rezensionen haben werde, was bedeutet, dass ich im Sommer nicht wie kalkuliert ausgebucht sein werde. Es war sowieso naiv zu glauben, ich könnte im Sommer schon ausgebucht sein. Was habe ich mir nur dabei gedacht?

Vielleicht liegt es an Rerik, überlege ich auf dem Weg in den Flur. Ja, das muss es sein. Rerik war schon immer die Hölle für mich. Ich dachte, ich hätte die schlechten Zeiten mit Papas Tod hinter mir gelassen. Aber vielleicht habe ich mir das nur eingeredet. Vielleicht ist das ja wirklich sein Geist, der hier alles, was ich anpacke, verdreht und auf den Kopf stellt?

Ich muss dringend etwas an dem Haus verändern. Irgendetwas tun, das sein schlechtes Karma vertreibt. Und ja, verdammt, wenn es hilft, zünde ich ein paar Räucherstäbchen an. Ob es in Rerik irgendwo einen Laden mit solchen Dingern gibt? Am Treppenabsatz bleibe ich stehen, zücke mein Handy und gebe »Räucherstäbchen Rerik« ins Suchfeld ein, als hinter mir jemand meinen Namen ruft.

»Frau Kohnke?«

Oh no! Jetzt kommt die Standpauke, die ich verdient habe – mag sein – aber mal ehrlich: Kann Philipp mit einem L und zwei P meinen sexuellen Übergriff und dieses peinliche Missverständnis nicht einfach wie ein Gentleman ignorieren und mich so würdevoll wie das in meiner Situation noch möglich ist aus diesen heiligen Hallen schreiten lassen?

Ich blicke auf und Philipp mit einem L und zwei P kommt mir mit großen Schritten, zwei Stufen auf einmal nehmend, entgegen und bleibt vor mir stehen – ohne auch nur eine Spur außer Atem zu sein. Der Typ ist fit. »Frau Kohnke, kann ich Sie einen Moment sprechen?«

Ich presse die Augen zusammen. »Hören Sie, es tut mir wahnsinnig leid! Dieser Mann hat nach meinem Partner gefragt und ich …«

»Schon klar, aber könnten wir vielleicht in meinem Büro weiterreden? Unter vier Augen? Nicht hier – wo … die Wände, Sie wissen schon, Ohren haben?«

Kapitel Zwei

Er geht die geschwungene Treppe hinauf voran. Jeder unserer Schritte hallt in dem Gebäude wider. Höher und höher steigen wir. Philipp mit einem L und zwei P nimmt wieder zwei Stufen auf einmal – das scheint sein normaler Gang zu sein. Ich dagegen hechle hinterher und versuche, meine Atmung möglichst unter Kontrolle zu bekommen und den Schweiß, der mir durch die körperliche Anstrengung auszubrechen droht, zurückzuhalten. Als ob das möglich wäre …

Unser Weg führt uns bis ins oberste Stockwerk des Gebäudes und wir gehen auf eine hölzerne Tür mit schicken Intarsien zu. Sieht alt aus. Und teuer. Vielleicht das Trauzimmer.

Philipp mit einem L und zwei P geht hinein ohne anzuklopfen und ich erhasche einen Blick auf das Schild: »Vorzimmer Bürgermeister«. Shit! Tief durchatmen! Der Kerl schleppt mich zu seinem

Chef! Neineineineinein! Er will sich über mich beschweren – ob ich wegen des Kusses mit der Polizei Ärger bekomme? Oder ist das Ordnungsamt zuständig? Oder hab ich Glück, er lässt mich davonkommen und ist einfach nur der Sekretär des Bürgermeisters? Wobei – dann hätte Kalle ihn nicht Chef genannt. Mh. Mist. Er schleppt mich vor den Bürgermeister!

Im Vorzimmer sitzt eine ältere Frau mit Headset hinter einem gigantischen Holzschreibtisch und blickt auf, als wir hereintreten. In ihrem schwarzen Haarschopf findet sich nicht ein graues Haar, dabei bin ich sicher, dass sie kurz vor Rentenantritt steht. Ihre perfekt gezupften Augenbrauen hüpfen in die Höhe, als Philipp mit einem L und zwei P den Raum betritt.

»Ich möchte nicht gestört werden«, sagt er, öffnet die Tür zum Nebenzimmer und hält sie mir auf.

Die Sekretärin betrachtet mich von oben bis unten und ich ziehe mir meine Strickjacke ein wenig enger um das bauchfreie T-Shirt. »Sicher doch, Chef«, flötet sie. Irgendwie klang das überhaupt nicht freundlich.

Ich folge ihm in das Nebenzimmer und er schließt die Tür hinter mir. Dieses Büro ist riesig. Mit einem kleinen Sofa und Wohnzimmertisch zu meiner rechten, einem gigantischen über Eck verlaufenden Schreibtisch inklusive Rerik-Fahne darauf vor einer Fensterfront mit Blick auf die Ostsee zu meiner linken. Ich befürchte, mein Mund steht gerade offen. Noch im Türrahmen stehend öffne ich die Tür wieder und spicke um die Ecke auf das Namensschild, das außen hängt. Da steht es. Schwarz auf weiß: Philipp Jansen, *Bürgermeister*.

Scheeeeeeeeiiiiii…! Unter seinen verwirrten Blicken schließe ich die Tür wieder und atme tief durch.

»Sie sind nicht der Bürgermeister von Rerik. Oder?«

Er nickt und der Hauch eines Schmunzelns huscht über sein Gesicht. »Doch. Das bin ich.«

Als Antwort seufze ich schwer und fasse mir an mein Gesicht, das brennt wie Feuer. »Oh Gott, das ist mir so peinlich.«

»Glaube ich Ihnen.«

Na toll. Könnte er nicht so etwas sagen wie: Ach was, halb so wild? Aber gut, Zeit, diese peinliche Stille zu beenden. »Hören Sie, es tut mir furchtbar leid, ich wollte Sie wirklich nicht sexuell belästigen! Und bitte – bitte! – zeigen Sie mich nicht an. Das wäre …« Das wäre in meiner Situation so ziemlich das Dümmste, das mir passieren könnte.

»Entschuldigung angenommen.« Er schiebt die Hände in die Taschen seiner Anzughose und sieht jetzt ziemlich lässig aus in seinem Zweiteiler. Und dass ein Hemd so sexy aussehen kann – ich hatte ja keine Ahnung! Bisher habe ich nur Typen mit T-Shirt oder oben ohne gedatet.

»Danke.«

»Kein Problem.«

»Und das hier ist Ihr Büro?« Er nickt. So ganz kann ich es noch immer nicht glauben. Wann kommen die Leute mit den Kameras auf den Schultern aus ihren Verstecken und rufen »Sie wurden reingelegt!«?

»Nicht schlecht«, sage ich.

»Sie haben das Beste noch nicht gesehen.«

»Was ist das Beste?«

»Um die Ecke gibt es noch einen Besprechungstisch aus Marmor – den ich in meiner ersten Woche geschrottet habe, weil ich mich draufgelehnt habe – und ein Badezimmer für mich ganz allein.«

»Ein Badezimmer? Mit Dusche und allem?«

»Ja.«

»Was sagt Ihre Frau dazu?«

»Ich habe keine Frau.« Dem Himmel sei Dank! Ich bin nicht Schuld an den psychischen Schäden seiner Kinder.

»Kinder?«

Er schüttelt den Kopf. In meiner Fantasie recke ich die Faust und rufe »yes!«, weil ich froh bin, keine Familie zerstört zu haben. In der Realität nicke ich einmal und gebe ein nichtssagendes »Aha« von mir. »Darf ich?«, frage ich und zeige wage in den Raum.

»Sicher.«

Ich gehe durch das Büro, betrachte hier ein Schiff in einer Flasche, dort eine Miniaturskulptur des Buchlesers. Hinter dem Schreibtisch spicke ich um die Ecke. Tatsächlich: Ein Tisch aus Marmor mit sechs Stühlen darum. An der mir zugewandten Seite verläuft ein Riss durch die Platte. Sanft streiche ich darüber.

»Wird er nicht ersetzt?«

»Nicht mehr in dieser Legislaturperiode.«

»Aha.« Wie schlau ich bin. Aha, aha, aha. Ob mir in Gegenwart des Bürgermeisters auch noch was Intelligentes einfällt?

Hinter dem Besprechungsraum entdecke ich eine weitere Tür – die zum Badezimmer. Zum Badezimmer des Bürgermeisters.

Da rammt mich die Erkenntnis wie eine Welle. Ich habe den Bürgermeister von Rerik geküsst! Und ihn *Babe* genannt! Die Temperatur in meinem Gesicht steigt wieder an und ich lege meine Hände darüber. »Hören Sie, es tut mir so, so leid! Das ist mir alles so furchtbar peinlich.«

»Ich weiß. Aber das hatten wir schon.« Er zuckt mit den Schultern und betrachtet mich.

»Aber ... sicher ist das ... Das macht doch jetzt die Runde, dass Sie im Bauamt von einer fremden Frau geküsst wurden.«

Er nickt und in seinem Blick liegt eine Härte, die mich tief in der Magengrube trifft. »Genau darüber möchte ich mit Ihnen sprechen. Während wir da saßen, habe ich mir so meine Gedanken gemacht.«

»Gedanken? Worüber?«

Er setzt sich auf einen der Stühle am Besprechungstisch und bietet mir mit einer Geste an, mich ebenfalls zu setzen, die marmorne Tischplatte mit dem Riss zwischen uns.

Nachdem ich Platz genommen habe, faltet er die Hände auf dem Tisch und setzt an: »Nächste Woche Sonntag wird gewählt, wussten Sie das?«

»Was wird gewählt?«

»Meine Legislaturperiode neigt sich dem Ende entgegen.«

»Oh. Nein, das wusste ich nicht. Ich bin eben erst hergezogen. Aber hey: Falls Sie auf Stimmenfang sind – meine Stimme haben Sie, versprochen.«

Er schmunzelt höflich, aber ich befürchte, er ist auf mehr aus als auf meine Wahlstimme.

»Sie kommen aus Rerik?«

»Ich bin vor zehn Jahren abgehauen. Hab das Dorfleben nicht mehr ertragen. Ich hab das ganze Getratsche nicht mehr ausgehalten.« Und ... meinen Vater. Aber das sage ich nicht.

Er nickt. »Verstehe. Mehr als Sie glauben, wahrscheinlich.« Gedankenverloren kreist er die Zeigefinger umeinander. Seine Hände sehen sanft aus. Groß, aber sanft. Gepflegte Fingernägel. Und wie eine Bestätigung, dass er bezüglich einer Frau nicht gelogen hat, ist da kein Ring an seinem Finger.

»Wissen Sie, wer vor mir Bürgermeister war?«

»Das müsste der Dieter gewesen sein, oder? Der war doch, was, dreißig Jahre im Amt?«

»Sowas, ja. Kurz vor der nächsten Wahl wurde er in Flagranti erwischt – er hatte sich eine jüngere angelacht, die so alt war, wie damals seine Tochter.«

»Ups.«

»Ganz ganau. Das gab großen Aufruhr in Rerik. Seine Frau hat ihn verlassen und die Reriker haben ihn nicht mehr gewählt. So bin ich ins Amt gekommen.«

»Glückwunsch.«

Er nickt mit einem Blick, der überhaupt nicht nach feiern aussieht. »Dachte ich damals auch. Ich hab mich beglückwünscht, ja. Aber ich hatte keine Ahnung, in was für ein Wespennest ich mich hier setze.«

Er spricht nicht weiter, sieht mich an, als wöge er ab, ob er mir vertrauen könne.

»Die Lage ist die: Meine Mitarbeitenden hassen mich. Sie legen mir Steine in den Weg, machen extra langsam, kleine Sticheleien hier und da.«

»Philipp mit einem L und zwei P«, sage ich vor mich hin.

»Genau. Dokumente kann man über seinen Namen finden – außer die Kolleginnen und Kollegen legen ihn mit einem Tippfehler ab. Zum Beispiel unter Phillip mit zwei L und einem P ab, statt Philipp mit einem L und zwei P.« Er redet sich richtig in Rage. »Dann findet man gar nichts mehr.«

»Keine Intelligente Suchfunktion im Reriker Ablagesystem?«

Er schüttelt den Kopf. »Zu teuer. Außerdem hasst mich die Lokalzeitung. Ständig schreiben Sie, meine Reden wären langweilig und ich ein emotionsloser Karrieremensch.«

»Autsch.«

»Bisher war mir das egal, aber die letzten Umfragewerte haben ergeben, dass ich hinten liege.«

»Hinten liege? Wo?«

»Beim Stimmungsbarometer. Die Leute wählen lieber meine Konkurrentin. Und dreimal dürfen Sie raten, wer gegen mich antritt?«

Ich verziehe den Mund. »In einer guten Geschichte wäre das wohl die geschiedene Frau des Bürgermeisters außer Dienst?«

»Noch besser: Sie haben sich wieder versöhnt. Sie hat ihn zurückgenommen und kandidiert jetzt für sein altes Amt.«

»Autsch Nummer zwei. Die Clintons von Rerik also.«

Fragend sieht er mich an.

»Ach kommen Sie? Kennen Sie die Geschichte nicht? Blowjob im Oval Office? Es ging weltweit durch die Presse. Aber Hillary hat ihrem Bill verziehen und wollte Jahre später selbst Präsidentin werden. Man stelle sich das mal vor! Sie hätte an demselben Tisch gearbeitet, unter dem ihr Mann seinen …«

»Verstanden. Ja. Alles klar. Die Clintons von Rerik. Ja, so kann man sagen.« Verlegen und mit leicht geröteten Wangen rutscht er auf dem Stuhl herum.

Ist ihm das etwa unangenehm von Blow Jobs

unter Schreibtischen zu sprechen? Ist der Bürgermeister von Rerik etwa verklemmt? Dabei sieht er so jung und liberal aus. Gar nicht, wie man sich einen Bürgermeister vorstellt.

»Sind Sie eigentlich der jüngste Bürgermeister Deutschlands?«

»Nein, das ist eine Kollegin aus Thüringen. Ich bin dieses Jahr dreißig geworden.«

»Aha.« Wenn ich ihn mir so ansehe, in seinem Anzug und ein bisschen versteift auf seinem Stuhl, kann ich mir nicht vorstellen, dass es eine fette Geburtstagsparty war. Je länger wir uns unterhalten, je mehr ich Philipp mit einem L und zwei P beobachte und ihm zuhöre, desto klarer werden mir ein paar Dinge: Er nimmt alles sehr genau und schätzt Details. Damit ist er so ziemlich das Gegenteil von mir. Also viel zu langweilig, als dass ich ihn interessant finden könnte. Ganz im Gegenteil: Mir ist bereits jetzt klar, dass mir dieser Kerl recht bald furchtbar öde werden wird. Ich kann verstehen, weshalb ihn die Presse als emotionslosen Karrieremensch betitelt. Er ist ... unnahbar. Geheimnisvoll, ja. Aber vor allen Dingen unnahbar. Und zum Lachen geht er ganz eindeutig in den Keller.

Mit der Erkenntnis, dass Philipp Jansen ein Langweiler ist, wird mir dieses Gespräch allmählich anstrengend. Was will der Kerl von mir? Zeit, dass wir zum Ende kommen. Ich brauche schließlich noch Räucherstäbchen.

»Und ich sitze in Ihrem Büro, weil ...?«

Er setzt sich aufrechter hin und räuspert sich. »Weil ich, während unseres spontanen und recht unfreiwilligen Termins Zeit hatte, mir über die Chancen und Risiken unserer Begegnung Gedanken zu machen und zu dem Schluss gekommen bin, dass wir uns gegenseitig ... befruchten könnten.«

»Befruchten?«

Er verzieht das Gesicht. »Das war jetzt zugegeben nicht die beste Wortwahl ...«

»Nee, tatsächlich nicht.« Wie kann man so gut aussehen und gleichzeitig so ... so ... so einen riesigen Stock im Hintern haben?

»Unterstützen. Das war das Wort, das ich von Anfang an hätte wählen sollen. Bitte entschuldigen Sie.« Seine Gesichtsfarbe ist von einem Sonnenbraun zu Dunkelrot gewechselt. Der Arme! Ich würde sagen, was die Peinlichkeiten des Tages angeht, sind wir nun gleichauf. Naja, fast.

Aber ganz egal, was für ein Langweiler er auch sein mag. Er ist ein Langweiler mit Chef-Posten und könnte dafür sorgen, dass das Verfahren meines Bauantrags beschleunigt wird. Im Gegensatz zu ihm sind mir die anderen Antragsteller nämlich herzlich egal. »Und wie genau stellen Sie sich das vor? Dieses gegenseitige *unterstützen*?«

»Die Wahlen sind nächste Woche Sonntag. Ich könnte bis dahin eine Begleitung brauchen.«

»Eine Begleitung?« Ich schnappe nach Luft. »Sie wollen mich als Eskortdame buchen? Wie ... wie eine Hure?« Ich springe von meinem Stuhl auf und blitze ihn wütend und entsetzt an. Auch er steht auf und hebt beschwichtigend die Hände. »Nein! Nicht doch! Nicht wie eine Hure, um Gottes Willen. Eher wie, wie ...«

»Wie eine Exkortdame!«

»Wenn Sie das so sagen, klingt es, als gäbe es zwischen den beiden Berufen keinen Unterschied.« Er legt sich die Hände aufs Gesicht. »Entschuldigung, aber ich habe so etwas noch nie gemacht. Mir ist durchaus bewusst, wie unseriös mein Vorschlag klingen muss und ... Entschuldigung!«, sagt er und beendet damit diese lächerliche Unterhaltung. »Ich hätte Sie das nie fragen dürfen. Bitte, Sie ... Sie können gehen. Nur bitte! *Bitte* – kein Wort an die Presse. Oh Gott, die warten nur auf sowas. Scheiße.« Er setzt sich wieder und faltet die Hände vor seinem Gesicht.

Dieser Kerl steckt wirklich in einer Zwickmühle. »Warum wollen Sie in Rerik bleiben, wo doch alle gegen Sie sind?«

Er seufzt. »Meine Familie lebt in Bayern. Meine Eltern wollen, dass ich dort kandidiere. Aber ich ... ich hasse die Berge.«

Er sagt es mit so viel Selbstmitleid, dass ich lache. Er hasst die Berge so sehr, dass er lieber in einem Ort bleibt, wo er gehasst und schikaniert wird? Okay, dieser Langweiler versteckt doch irgendwo Humor. Da ist nicht viel, aber es könnte als Basis für eine Zusammenarbeit wie er sie sich vorstellt reichen – unter bestimmten Voraussetzungen.

»Nehmen wir mal an, ich würde auf Ihr Angebot eingehen – theoretisch – was käme denn dann auf mich zu?«

Vorsichtig sieht er mich an und legt den Kopf schräg. »Ich brauche jemanden, der sich als meine Freundin ausgibt.«

»Eine potenzielle First Lady von Rerik.«

»Ganz genau.«

»Von welchem zeitlichen Aufwand sprechen wir?«

»Nun, da wäre das Hafenfest heute Abend. Da muss ich eine Rede halten, die Presse wird da sein.« Abwartend betrachtet er mich, versucht vielleicht, herauszufinden, wie ich das finde. »Sie müssten ein Kleid tragen.«

Ich nicke. »Das bekomme ich hin. Theoretisch.«

»Morgen richtet der Surfclub seinen alljährlichen Sommer-Brunch aus. Das ist immer ganz nett.«

»Die Presse ist dabei?«

»Die Presse ist immer dabei, wenn ich offizielle Termine habe.«

»Verstehe. Sonstige Termine?«

»Samstagabend feiert das Reriker Theater Premiere. Open Air an der Hafenpromenade.«

»Was spielen sie?«

»Hamlet.«

»Mh«, mache ich. Keine Ahnung, worum es in Hamlet geht. Weder habe ich das Stück gelesen noch irgendwo gesehen.

»Am Sonntag ist frei. Nächste Woche gibt es

keine Termine. Außer natürlich am Samstag den großen Vorwahlabend auf der Bühne vor Küstenkulisse.«

»Klingt aufregend.«

»Das ist es. Ein Moderator wird Margarete und mich auseinandernehmen.«

»Margarete?«

»Meine Herausforderin.«

»Ah - Hillary.«

»Richtig. Da wäre es sehr schön, wenn eine Frau im Publikum sitzen würde, die die Wählerinnen und Wähler als zukünftige First Lady von Rerik betrachten könnten.«

First Lady von Rerik. Rerik hin oder her – sollte so eine First Lady nicht eigentlich eine blütenreine Weste haben? So wie Herzogin Kate? Die lief gerade mal in Dessous über eine Bühne und hat selbst bei diesem Laster verdammt gut ausgesehen. Und ich?

Andererseits reden wir hier von Rerik, nicht vom Vereinten Königreich und der britischen Krone. Ein oder zwei Laster werden mir ja wohl vergönnt sein. Oder?

»Sie vergessen, dass halb Rerik mich von früher kennt.«

»Und das ist schlimm, weil?«

Ich wiege den Kopf hin und her. »Tatsächlich ist es meinetwegen weniger schlimm. Eher wegen meines Vaters.«

»Was ist mit Ihrem Vater?«

Ich zucke mit den Schultern. »Er hat getrunken.

Aber er ist tot, schon seit ein paar Monaten. Und ich war zuletzt mit sechzehn in Rerik. Keine Ahnung, vielleicht erinnern sich die Leute gar nicht an mich.«

»Die Leute erinnern sich an jeden Skandal. Vielleicht nicht an jedes Gesicht, aber an jeden Skandal.«

»Sie scheinen Erfahrung damit zu haben.«

»Ich komme auch aus einem kleinen Ort. In den Bergen läuft das wie an der Ostsee.«

Ich betrachte ihn eine Weile. Dann setze ich mich wieder und falte wie er die Hände vor mir auf dem Tisch. »Gut, sagen wir, diese Termine gingen für mich in Ordnung. Was wäre Ihre Gegenleistung?«

»Wenn ich die Wahl gewinne, sorge ich dafür, dass Sie die Baugenehmigung noch diesen Monat erhalten.«

»Aber das wäre unfair gegenüber den anderen Antragstellern. Dieses Argument schien Ihnen einen Riegel vorgeschoben zu haben. Sie können es sich nicht leisten, sich bei den Bürgern unbeliebt zu machen.«

»Vor meiner Wahl nicht, nein.«

Soll heißen: Danach schon. »Verstehe. Gut. Das klingt nach einem fairen Angebot. Aber was, wenn Sie die Wahl nicht gewinnen?«

Er zuckt mit den Schultern. »Dann ist alles, was ich für Sie tun kann, meinen Schlüssel zu diesem Gebäude mitten in der Nacht zu benutzen und Ihre Unterlagen von ganz unten im Stapel nach ganz oben zu heben und zu hoffen, dass sich Herr Dross nicht an Ihren Namen erinnert.«

»Und an Ihren. Der steht nämlich ebenfalls in den Papieren.«

Er nickt. »Kurzum: Sie sollten alles dafür tun, dass ich die Wahl gewinne.«

Ich rümpfe die Nase. »Bevor ich unseren Deal eingehe, braucht es Bedingungen, Spielregeln sozusagen.«

Er reißt die Hände in einer Siegerpose in die Luft. »Danke!«

»Danken Sie mir nicht zu früh. Erstens.«

»Alles, was Sie wollen.«

»Erstens: Kein Befummeln, kein Sex, kein küssen. Sie dürfen mir den Arm umlegen und meine Hand halten, alles andere strafe ich umgehend mit einer Ohrfeige ab – und dann ist mir ganz egal ob die Presse anwesend ist oder nicht.«

»Akzeptiert.«

»Zweitens: Ich will Ihre Reden vorher lesen. Und zur Not ändern dürfen.«

»Weshalb? Ich habe einen Pressesprecher, der die Reden für mich schreibt.«

Ich sehe ihn zweifelnd an. »Und dieser Pressesprecher ist seit wann im Amt?«

»Zehn oder fünfzehn Jahre.«

»Und er hat Sie gewählt?« Wie eine Klugscheißerin hebe ich die Augenbrauen.

Der Bürgermeister lässt die Schultern fallen. »Statistisch gesehen eher nicht. Über vierzig Prozent meiner damaligen Wähler waren unter fünfunddreißig Jahre alt.«

»Sie kennen die Umfragewerte von vor vier Jahren noch immer auswendig?«

»Natürlich.«

Ich verdrehe die Augen. »Muss der größte Erfolg in Ihrem bisherigen Leben gewesen sein«, sage ich spöttisch.

»Meine Mutter war sehr stolz.«

Ich betrachte ihn aufmerksam. Nimmt er mich gerade auf den Arm? War das ein Scherz? Er schmunzelt. Verdammt, es muss ein Scherz gewesen sein.

»Nun zu meinen Bedingungen«, sagt er.

»Sie haben Bedingungen? Sie können froh sein, dass ich mit der Story nicht gleich zum Reriker Blatt düse.«

»Womit wir bei meiner ersten und unserer dritten Bedingung wären: Kein Wort zu Niemandem.«

»Kein Problem, ich kenne hier eh keinen mehr. Außer Peda und der verlässt sein Haus nie. Und die Presse wird mich für verrückt halten, da bin ich mir sicher.«

»Sehr gut. Danke. Viertens: Keine ... Keine Gefühle.«

»Oh mein Gott! Halten Sie sich für so unwiderstehlich?«

Er reißt die Augen auf. »Nein, ich ... ich möchte nur nicht, dass es kompliziert wird! Ich meine, stellen Sie sich vor, zwischen uns würden ... naja, würden die Funken sprühen ...«

»Was niemals passieren wird.«

»... wie merkwürdig wäre es dann zwischen uns? Immerhin gehen wir hier so etwas wie eine professionelle Beziehung miteinander ein.«

»Gott, bitte lassen Sie es nicht klingen, als wäre ich Ihre Eskortdame!«

»Verzeihung. Und drittens.«

»Was um Himmels willen noch?«

»Nennen Sie mich nie wieder *Babe*.« Sein Blick liegt flehend auf mir. »Bitte.«

Ich lege den Kopf schief. »Sind das all Ihre Bedingungen?«

»Ja.«

»Gut.« Ich sehe auf die Uhr. »Wann müssen wir heute beim Hafenfest sein?«

»Neunzehn Uhr.«

»Dann sollten wir bis dahin noch ein paar Basics klären.«

»Basics?«

»Wo haben wir uns kennengelernt? Wo wollen wir den Urlaub verbringen? Wo werden wir Weihnachten feiern? Sie wissen schon, die Basics einer Partnerschaft.«

»Oh, okay. Gut, also Urlaub machen wir auf jeden Fall in Rerik.«

»Wieso das?«

»Weil Rerik der schönste Ort der Welt ist – hier kann man baden, am Strand liegen, Ausflüge machen ...«

»Gott, aus welcher Werbebroschüre haben Sie das denn?«

»Ich bin der Bürgermeister. Es wird erwartet, dass ich wenigstens einen Urlaub im Jahr in Rerik verbringe.«

»Erwartet? Vom wem? Den vierzig Prozent der unter fünfunddreißig Jährigen? Die hocken doch selbst jedes Jahr auf Malle.«

»*Über* vierzig Prozent. Und nur, weil sie es nicht selbst tun, bedeutet das nicht, dass sie es bei ihrem eigenen Bürgermeister nicht gern sehen.«

»Okay. Dann verbringen wir also unseren Urlaub in Rerik, dem langweiligsten Kaff der Welt. Meinetwegen. Wo haben wir uns kennengelernt?«

Er zuckt mit den Schultern. Für den kreativen Part in unserer Fake-Beziehung scheine ich zuständig zu sein. »Waren Sie Ihre Eltern in diesem Jahr besuchen?«

»Ja. An Ostern.«

»Sehr gut.« Ich schnipse mit den Fingern. »Wir haben uns beim Wandern in den Bergen kennengelernt. Ich war umgeknickt und Sie haben mich den ganzen Berg huckepack hinuntergetragen.« Die Idee gefällt mir überaus gut.

»Das geht nicht.«

»Wieso nicht?«

»Bei Unfällen in den Bergen muss die Bergrettung kommen. Kein Mensch der Welt würde jemanden huckepack ins Tal tragen und sich dabei nicht selbst das Genick brechen. Sehr unwahrscheinliches Szenario.«

»Meine Güte, das weiß doch in Rerik keiner.

Aber gut, dann war ich halt im Tal kurz vor Ihrem Dörfli umgeknickt und Sie haben mich dort gerettet.«

»In Bayern sagt man nicht Dörfli.«

Ich presse die Lippen fest zusammen. »Wie sagt man dann?«

»Dorf. Man sagt Dorf.«

Ich atme tief ein. Das kann ja heiter werden. Heute ist Donnerstag. Bis zum Wahlsonntag nächste Woche sind es zehn Tage mit ihm. Dem langweiligsten Klugscheißer Reriks. Ohm, shanti, shanti, shanti, ohmmmmm.

»Wie heißt das Dorf, in dem Ihre Eltern leben?«

»Baiern.«

»Bayern? Bayern in Bayern? Ist das Ihr ernst?«

»Ja. Baiern.«

»Allmählich verstehe ich, weshalb Sie nicht zurückwollen. Gut, das klärt auch die Weihnachtsfrage. Da meine Eltern tot sind, verbringen wir Weihnachten in Bayern.«

Er lächelt. »Prima. Jetzt da wir das geklärt haben zum wichtigsten Teil.« Er steht auf und streckt mir feierlich die Hand entgegen. »Ich bin Philipp.«

Ich tue es ihm gleich und ergreife seine warme, starke Hand. »Ida.«

Kapitel Drei

An der Hafenpromenade gibt es Fischbrötchen, kreischende Möwen, Sand, den die Ostseebrise bis auf die Holzplanken fegt, und Enna's Geschenkeladen. Bei Enna gibt es alles: Rerik T-Shirts, Leuchttürme aus Ton, Badetücher mit Muschel-Motiven, Flipflops, Kerzen – kurzum: Hier gehen nur Touristen einkaufen. Und ehemalige Reriker auf der Suche nach Räucherstäbchen, oder zumindest Duftöl.

Vor dem Laden hängen Badeanzüge, Sonnenhüte und Überwürfe für die kurzen Momenten, in denen man sich von seiner Sonnenliege entfernt, um sich an der Promenade etwas zu essen zu kaufen oder fix auf Toilette zu gehen. Die Tür zum Laden steht sperrangelweit auf und der Ventilator in der Ecke dreht die Sommerhitze im Raum umher.

»Moin«, sage ich und aus dem Lagerraum kommt ein ebenso freundliches »Moin«. Neugierig blicke ich mich um. Es gibt Seifen aus Schafsmilch, Kräuterkissen, Lavendelkissen ... Aber nirgends Räucherkerzen. Vielleicht da drüben? Den Blick fest auf die ausliegende Ware geheftet durchquere ich den Raum, als mich jemand von der Seite anspricht. »Ida Kohnke?«

Überrascht sehe ich auf und blicke in die Augen eines jungen Mannes, der mir irgendwie bekannt vorkommt.

»Ida Kohnke, ich fasse es nicht! Moin! Hab schon gehört, dass du zurück sein sollst, aber ... Wow! Dass du wirklich wieder hier bist!«

»Ähm, ja, moin. Und du bist?«

»Na, der Stefan! Stefan Öxler.«

Stefan, die hintertriebenste Ratte aus meiner Klasse – und das will was heißen. Der Depp hat wochenlang an meinem Rock geklebt und als er endlich den ach so ersehnten Kuss von mir bekommen hat, hat er mich tagsdrauf angerufen und erklärt, dass er gar nichts von mir wolle. Im Gegenteil: Er wollte nur wissen, wie weit er bei mir käme. Einen Tag später wusste die ganze Klasse davon. Daraufhin war er der Frauenheld und ich die Schlampe. Schublade auf, Schublade zu. Ich hatte meinen Ruf weg. Ja, Stefan war charmant. Er wusste echt, wie man ein Mädchen um den Finger wickelt – selbst dann, wenn sie seine hässlichen Aknepickel abstoßend fand. Stefan Öxler. Die Pickel von damals sind heute fiese Narben.

»Ach, Stefan. Ja. Jetzt fällt's mir wieder ein.«

»Hab gehört, du bist viel rumgekommen. Hab ein Video von dir gesehen. Bist ja ganz schön aktiv bei YouTube.«

»Mhm«, mache ich vage, denn wenn man jemandem nicht über den Weg trauen sollte, dann Stefan Öxler.

»Und du?«, frage ich, um nicht von mir erzählen zu müssen. »Was machst du so?«

»Ich bin Reporter fürs Reriker Blatt. Mach viel Lokales.«

»Ach?«

»Ja, bin Journalist geworden. Heute Abend berichte ich vom Hafenfest. Ganz schicke Veranstaltung. Komm doch auch vorbei – ach, wobei ... Dein Ding ist das sicher nicht, ne? Hab gesehen, dass du eher mit Camper und in Shorts unterwegs bist, als in Highheels und mit Lippenstift. Bist eher so ne Natürliche, ne?«

Ne? Wenn ich das schon höre. Der Typ hat mich vor zehn Jahren zuletzt gesehen, ein paar meiner Videos angeschaut und meint zu wissen, dass ich so *ne Natürliche in Shorts und ohne Lippenstift* sei. Gut, ich trage gerade Shorts und nein, ich trage keinen Lippenstift, aber verdammt, ja, ich bin heute Abend bei diesem Hafenfest. Und dank Stefan weiß ich jetzt wenigstens, dass ich keine Flipflops zum Kleid tragen sollte.

»Wie's der Teufel will, werde ich heute Abend auch dort sein.«

»Ach? Wie das?«

»Mit meinem Begleiter.« Warum lasse ich es klingen, als würde ich einen Scheich aus Dubai daten?

»Oh, wer ist es denn?«

»Wirst du schon sehen. Bis später.«

Gut. Also keine Räucherstäbchen bei Enna. Dafür jede Menge Dummschwätzerei und der Hinweis auf ein elegantes Abendoutfit.

Jetzt kommen zu den Räucherstäbchen also auch noch anständige Schuhe dazu. Ich bleibe an der Hauptstraße stehen und sehe mich um. Links von mir gibt es einen Schuhladen. Rechts ist »Georgs Heimwerkerladen«. Da kommt mir eine Idee.

Kapitel Vier

Mit der Zahnbürste im Mund und einem Handtuch im Dekolleté, das das schicke, schwarze Kleid vor Zahnpastasprenkeln bewahren soll, lese ich Philipp Jansens Rede. Er hat sie mir wie besprochen gemailt, ich habe sie ausgedruckt und gerade mit dem Lesen begonnen. Und ich muss sagen: Ja. Ja, sie ist so langweilig wie er. Schon nach dem ersten Absatz könnte ich sie zerreißen. Nicht, dass ich mich großartig mit Texten und erst recht nicht mit Reden auskenne, aber die Definition eines Jubiläums aus Wikipedia? Das kann nicht sein ernst sein? Oder der seines Pressesprechers.

Ich spucke aus und setze mich mit den drei Seiten – drei Seiten! – und einem Stift auf die Sitzbank in der Küche. Großzügig streiche ich den ersten und den letzten Absatz und zwar so, dass er beide auf keinen Fall mehr entziffern kann. Wer will schon Dankesworte an irgendwelche Yacht-Besitzer hören?

Wir reden hier vom Hafenfest! Man nennt es *Fest*, nicht Beerdigung. Stattdessen füge ich einen Absatz hinzu, der zum Feiern und Tanzen einlädt. Auf ein Intro verzichte ich, soll er lieber gleich zum Punkt kommen. Und siehe da: Da waren es nur noch zwei statt drei Seiten. Schon besser. Nach dieser Rede kann das Reriker Blatt nicht mehr von einem emotionslosen Karrieremann schreiben. Und wenn ich dafür mit ihm das Tanzbein schwingen muss - egal. Stefan Öxler soll ja nicht glauben, dass ich einen Langweiler date. Stefan Öxler schreibt für das Reriker Blatt. Bei meiner Recherche am Nachmittag habe ich zig Artikel über Veranstaltungen mit Philipp gelesen – fast alle hat Stefan geschrieben. Und er hat wahrlich kein gutes Wort an ihm gelassen.

Philipp kommt in der Presse nicht gut weg. Wenn man sich die Berichterstattung des Reriker Blatts chronologisch durchliest, merkt man schnell, dass er vom Lieblings-Gegenkandidaten zum unsympathischen Machtmenschen stilisiert wurde. Dabei war der Wendepunkt – wenn ich meine Recherchen richtig deute – der Besuch einer ersten Klasse kurz nach seiner Wahl. Dort soll ein Mädchen in Tränen ausgebrochen sein, weil er ... tja. Was genau Philipp gemacht hat, konnte ich im Artikel nicht herausfinden. Auf jeden Fall hat das Mädchen geweint und laut Artikel war Philipp schuld daran. Dem Artikel nach zu urteilen, stehen Kinder bei diesem Kerl wohl nicht auf der Bucket List. Dagegen ist im ersten Moment auch nichts einzuwenden –

ich kann mir zum Beispiel ein Leben auch ohne Kinder vorstellen. Aber in Rerik ist das eben anders. Rerik liebt seine Kinder. Familie wird hier großgeschrieben. Wer in Rerik keine Kinder hat, der hat entweder eine Krankheit oder falsche Ziele im Leben.

Ich blicke auf die Uhr. Oh! Noch zehn Minuten! Zeit für den Lippenstift.

Ich husche ins Badezimmer und will gerade entscheiden, welchen Lippenstift ich nehmen soll, als es an der Tür klingelt. Ein Blick auf die Uhr. Er ist zu früh. Das darf doch wohl nicht wahr sein! Kein Mensch kommt zum ersten Date zu früh, Herr Gott! Hat ihm das niemand beigebracht?

»Das ist jetzt nicht Ihr ernst?«

Philipp steht in einem dunkelblauen Anzug und einem Strauß Blumen vor der Tür, den er sich wie einen Schutzwall vor die Brust hält. Wie man nur so groß sein und dennoch so hilflos aussehen kann – es ist mir ein Rätsel.

»Moin. Waren wir nicht beim Du?«

»Scheiß egal. Du bist zehn Minuten zu früh.« Ich schnappe ihm den Blumenstrauß aus der Hand.

»Ähm, die sind nicht für dich. Die sind für die Frau des Vereinsvorsitzenden.«

»Oh.« Oh Mann, das darf doch nicht wahr sein! Mist. Mist, Mist, Mist.

»War nur Spaß. Sie sind für dich. Als Dankeschön.«

»Du hast mich auf den Arm genommen?«

»Ja.«

»Nicht schlecht, Herr Bürgermeister! Man könnte meinen, Sie hätten so etwas wie Humor. Wenn auch eher von der unangenehmen Art. Danke, dass du mir gerade den zweiten peinlichen Moment an nur einem Tag beschert hast.«

Er grinst von einem Ohr bis zum anderen und sieht auf diese Weise unverschämt attraktiv aus. »Gern geschehen. Warum ist es schlecht, wenn ich zu früh bin?«

»Man kommt zu einem ersten Date nie zu früh. Ich bin ja noch gar nicht fertig. Erst wenn man sich besser kennt und so richtig befreundet ist, darf man zu früh kommen.«

Seine Augen wandern mein Gesicht entlang, streifen über mein Dekolleté, den Bauch hinab und über meine Hüften. Er schluckt und reißt seinen Blick von meiner Figur und konzentriert sich, mir in die Augen zu sehen. »Du siehst sehr fertig aus.«

»Wenn das ein Kompliment gewesen sein soll – vielen Dank. Wenn nicht, sollten wir heute nicht allzu lange bleiben, damit ich genug Schlaf für den Brunch morgen bekomme.«

»Ähm, ja, das sollte eigentlich ein Kompliment werden, aber ich gebe zu, es war missverständlich.«

»Ach, komm rein, ich muss mir noch Lippenstift auflegen.«

Ich gehe zur Seite und er tritt vorsichtig über die Schwelle, sieht sich in dem Flur mit der gelben Blümchentapete und den Wasserflecken um. Plötzlich ist mir der Geruch nach Feuchtigkeit, altem Rauch und Dreck furchtbar peinlich. Nichts wie weg hier, auch wenn es in diesem Haus kein Zimmer gibt, in dem es nicht muffelt oder alt aussieht.

»Komm, hier ist die Küche.«

Wir betreten den spärlich eingerichteten Raum. Ich kann mir Kaffee kochen, Essen machen und sitzen. Die Wände sind bereits kahl und dort, wo mal das Kreuz hing, ist die Tapete ganz hell.

»Sieht tatsächlich so aus, als wärst du bereit für das Abrisskommando«, stellt er fest.

Ich lasse Wasser in ein Bierglas laufen und stelle die Blumen hinein. »Es soll nicht alles abgerissen werden. Die Wand da kommt weg. Ich glaube, ich hätte gerne größere Fenster, weiß aber noch nicht.«

»Hast du das Haus professionell entrümpeln lassen?«

Ich schüttele den Kopf. »Meine Schwestern und ich haben letzten Monat alles ausgeräumt. Dabei kam mir auch die Idee zu dem Gasthaus und dem Yoga- und Bewegungszentrum.«

»Aber wenn du jetzt noch hier wohnst, weshalb habt ihr schon alles ausgeräumt?«

»Ich bin es gewohnt, nicht viel zu haben. Außerdem geht's mir besser so. Alles andere hat meinem Vater gehört. Und der ... naja. Unser Verhältnis war nicht das Beste.«

»Also lag es nicht nur am Getratsche der Leute, dass du früh ausgezogen bist?«

»Jepp. Als auch die letzte meiner Schwestern aus dem Haus war, hab ich meine Sachen gepackt und bin abgehauen. Mein Vater und ich unter einem Dach – das hätte Tote gegeben. Also bin ich nach Hamburg und hab mich so durchgewurschtelt.«

»Und jetzt bist du zurück.« Er hat die Hände wieder in die Taschen seiner Anzughose gesteckt und sieht mich aus seinen grünen Augen aufmerksam an. Es ist fast unerträglich, so angesehen zu werden. Nichts scheint ihm zu entgehen. Und ich weiß genau: Jedes meiner Worte hört er und vergisst es vielleicht nie wieder.

»Ja. Jetzt bin ich zurück. Wenn du willst, zeige ich dir, was ich mit dem Haus vorhabe.«

Er nickt. »Gerne.«

»Also, stell es dir wie einen Mix aus Hotel und Ferienwohnung vor. Hier unten werden Küche und Wohnen zusammengelegt. Die Wand da kommt wie gesagt weg, natürlich wird es eine große Küche und ein gigantisches Sofa geben, einen großen Tisch, wie eine Tafel, mit zig Stühlen kommt in die Mitte. Da hinten soll ein Regal mit Büchern und Brettspielen hinkommen. Hier trifft man sich und verbringt gemeinsam Zeit – wenn man das will. Oben aber, wenn Sie mir bitte folgen wollen«, sage ich wie eine Immobilienmaklerin und ein klitzekleines Lächeln huscht über sein Gesicht. Er folgt mir den Flur entlang und die knarzende Treppe hinauf zu den

Schlafräumen. »Hier oben werden die Zimmer mit Bädern sein. Jeder Gast wird ein eigenes Bad bekommen und selbstverständlich werden die Türen abschließbar sein – wie in einem Hotel.«

»Das wird aber ganz schön teuer. Die Wasseranschlüsse und so weiter.«

»Guter Punkt. Hier kommt nämlich die größte aller Überraschungen: Was wir Schwestern nicht wussten, ist, dass früher jedes dieser Schlafzimmer über ein eigenes Badezimmer verfügt hat. Schau, hier.«

Ich zeige ihm eine Stelle, an der die Tapete verblichen ist. »Hier stand immer ein Schrank – ich schwöre, der muss hier schon gestanden haben, als mein Vater noch ein Kind war. Jedenfalls haben wir den weggeschoben und tadaaa: Heraus kam dieser Wasseranschluss. Ein Bausachverständiger hat in jedem dieser Räume einen Wasseranschluss ausfindig gemacht. Und jetzt rate mal, was bei uns Mädels all die Jahre der größte Streitpunkt war.«

Er zuckt mit den Schultern.

»Die Nutzungsdauer des Badezimmers. Oh, was hatten wir für Kämpfe. Hast du keine Geschwister?«

»Nein.«

»Verstehe. Dann kannst du nicht wissen, wovon ich spreche.«

»Und wo soll das Yogastudio hinkommen?«

Ich lächele. »Kein Yogastudio. Ein Yoga- und Bewegungszentrum. Komm, ich zeig's dir.«

Wir verlassen das Haus, überqueren den Hof, in

dem sein Mercedes Kombi steht (wofür braucht ein Single-Mann so ein großes Auto?), und erreichen die Scheune. Ich stoße die schwere, knarzende Tür auf und kippe den Lichtschalter, da es mittlerweile dunkel wird. Außerdem wirkt der Raum mit Licht freundlicher und nicht ganz so gruselig.

Philipp sieht sich aufmerksam um, betrachtet den Boden, die Decke, die Balken. Ich glaube, er nimmt einfach alles in sich auf.

»Auf den Boden soll ein richtiger Sportboden kommen. Wie man ihn aus Hallen kennt. Ich hätte gerne eine Zwischenwand, so dass man den Raum für kleinere Gruppen gemütlicher machen kann. Neben Yoga soll hier Herzsport und Gymnastik stattfinden. Auch Spielgruppen für Mütter mit Kindern kann ich mir hier vorstellen. Man könnte mobile Klettergerüste anschaffen, die am Ende der Spielzeit zur Seite geräumt werden. Es wäre ein Raum für Jung und Alt. Vor allem den älteren Menschen fehlt es häufig an Möglichkeiten zur Bewegung – gerade im ländlichen Bereich. Das würde ich gerne ändern.«

»Das klingt fantastisch.«

»Fantastisch? Wow! So enthusiastisch hat bisher noch niemand reagiert. Selbst meine Schwestern nicht und die geben immerhin einen Teil der Finanzen dazu.«

»Wirklich nicht? Aber die Idee ist toll.«

»Annie glaubt nicht, dass es sich finanziell trägt.«

»Es gibt sicher Förderprogramme vom Land

oder Bund. Mach dich da mal schlau.« Er hat meine Kamera und das Stativ entdeckt. »Und was ist das?«

»Damit drehe ich meine Pornos.«

Sein Blick ist göttlich. Er glaubt es mir tatsächlich. Unfassbar. »Du weißt schon: Warum liegt hier Stroh? Warum bin ich nackt?«

Sein Mund öffnet und schließt sich auf der Suche nach den richtigen Worten. »Ich nehme an, damit finanzierst du das Bauvorhaben deinerseits? Ich meine – wenn deine Schwestern die anderen Teile übernehmen, brauchst du ja auch ... Vermögen.« Ich sehe förmlich, wie sein Hirn rattert: *Verdammt, ich habe mir eine Pornoqueen als Eskortdame angelacht.* Es ist zum Totlachen!

»Gott, Herr Bürgermeister, beruhigen Sie sich. Das war ein Scherz! Ich bin YouTuberin. Ich habe auf meinen Reisen gevlogt. Das habe ich Kalle doch erzählt.«

»Kalle?«

»Karl Dross.«

»Ah. Stimmt, vloggen statt bloggen.«

»Genau.«

»Und? Lohnt sich das?«

»Finanziell? Schon, ja. Zusammen mit dem Erbe und dem Einsatz meiner Schwestern kann ich mir den Umbau leisten. Ich hab früh mit dem Vloggen angefangen. Als ich meinen Camper ausgebaut hab. Das waren die ersten Videos. Danach kam Europa, ein halbes Jahr später die Überfahrt nach Indien. Und seitdem ich Yoga auf YouTube anbiete, habe ich etliche Abonnenten und Views mehr. Vor allem meine Rückenvideos gingen durch die Decke.«

»Mit Camper meinst du das monströse Ding da in der Einfahrt?«

»Sie heißt Holly«, sage ich und klinge dabei, als wäre sie meine Hündin. »Und sie ist nicht monströs. Nur etwas groß. Aber innendrin ist es irre gemütlich. Willst du mal sehen?«

Er tippt auf seine Armbanduhr. »Ich fürchte, dafür haben wir heute keine Zeit mehr. Darf ich bitten?«

»Oh scheiße, ich hab noch immer keinen Lippenstift aufgezogen!« Ich will wegspringen, doch er hält mich sanft, aber bestimmt am Oberarm fest. Ein Schauder zieht sich über meinen Rücken.

Woah, was war das eben für ein Gefühl? Körper, was soll das? Warum schauderst du? Bist du wahnsinnig?

»Du brauchst keinen Lippenstift, du siehst perfekt aus. Wichtiger ist vielmehr eine Jacke. Wir haben Juni, da können die Nächte noch kühl werden.«

»Glaub mir, es gibt Momente im Leben einer jungen Frau, da sollte sie Lippenstift tragen. Und für mich ist heute Nacht einer dieser Momente.« Weil Stefan Öxler der Shorts-aber-kein-Lippenstift-Spruch im Hals stecken bleiben soll.

Philipp nimmt seine Hand von meinem Arm und an der Stelle, an der er mich eben noch berührt hatte, wird mir ganz kalt. So als vermisse ich seine warme …

Halt!

Stopp!

Sowas denke ich nicht. Auf gar keinen Fall!

Er wartet in seinem Mercedes auf mich. Meine Jeansjacke ist vielleicht nicht die wärmste Wahl, aber immer noch die bessere Kombination zu dem bodenlangen schwarzen Kleid als meine Strickjacke.

Ich schnalle mich an und er fährt uns sicher durch den dunkler werdenden Abend.

»Ist dir kalt?«

»Nein.«

»Schönes Wetter heute«, sagt er.

»Ist das dein ernst?«

»Was?«

»Wir reden über das Wetter?«

»Warum nicht?«

»Weil wir wichtigere Themen zu besprechen haben. In ein paar Minuten soll uns Rerik für ein Liebespaar mit Zukunft halten. Da müssen wir über ein paar Dinge vorab sprechen. Wichtige Dinge.«

»Wie zum Beispiel?«

An mir bleibt echt alles hängen. Dieser Kerl hat so ein verdammtes Glück, mich für diesen Schwachsinn auserwählt zu haben. Oder habe ich ihn ausgewählt? Wir uns? Ach, egal. »Warum die Ostsee?«, frage ich.

»Weil hier ein Bürgermeister gesucht wurde.«

»Aha. Und ich dachte, weil Rerik der schönste Ort der Welt ist«, zitiere ich ihn, als wir über die Wahl des Urlaubsortes gesprochen haben.

Der Anflug eines Lächelns huscht über sein Gesicht. »Nein. Damals noch nicht.«

»Und heute?«

Er seufzt. »Und heute ist es meine Heimat. Ich liebe diesen Ort. Wirklich. Er hat so viel Potential. Es ist wunderschön hier. Der Strand, der Hafen, die Menschen. Das ist mir alles ans Herz gewachsen. Ich mache meinen Job in Rerik wirklich gern.«

»Deshalb kämpfst du darum, auch wenn es dir deine Mitarbeiter und die Presse so schwer machen.«

Er nickt stumm und sein Blick und seine zu einer schmalen Linie gepressten Lippen machen deutlich, dass er das Thema nicht weiter vertiefen will. Wenige Minuten später hält er den Wagen auf dem Parkplatz des Hafens und schaltet den Motor ab.

»Kann man als Bürgermeister eigentlich auch mal im Halteverbot stehen?«

»Ich fahre die meiste Zeit mit dem Rad.«

»Warum dann so ein großes Auto?«

Für den Augenblick einer Sekunde bringe ich ihn mit dieser Frage aus dem Gleichgewicht. Aber dann fängt er sich wieder und ich könnte mir diese Unsicherheit auch nur eingebildet haben. »Für lange Fahrten nach Bayern. Es wird Zeit.«

»Ja, das wird es«, seufze ich und blicke aus dem Fenster, ob uns schon jemand sehen kann.

»Achso, eine Sache ist da noch«, sage ich und er sieht mich an, als wolle ich ihm jetzt eröffnen, dass ich Mitglied einer verbotenen Sekte bin. »Ich kenne Stefan Öxler.«

»Den Reporter?«

»Ja. Ich bin ihm heute begegnet und da wurde mir klar, dass ihr euch kennt.«

»Nicht so gut.«

»Aber offensichtlich gut genug, dass er sich eine Meinung über dich gebildet hat – und zwar keine gute.«

»Ist seine Meinung über dich besser?«

Ich zucke mit den Schultern. »Um ehrlich zu sein, ist meine Meinung über ihn nicht sehr gut, was daran liegen mag, dass er mich mal küssen durfte, aber sich dann rausgestellt hat, dass ich wohl sowas wie Teil einer Wette war und dann als Klassenschlampe galt, aber wie er jetzt über mich denkt, kann ich dir nicht sagen, er war jedenfalls sehr interessiert daran, mit wem ich heute erscheine.«

»Er hat dich geküsst als Teil einer Wette?«

»Er wollte wissen, ob ich mich in ihn verlieben würde.« Ich zucke wieder mit den Schultern – was besseres fällt mir wohl nicht ein. »Den Kuss hat er bekommen, Liebeskummer aber nicht.«

Philipp nickt ernst. »Dann schauen wir mal, ob wir es hinbekommen, dass dieser Kerl deinetwegen Liebeskummer bekommt. Bleib sitzen, ich halte dir die Tür auf.«

Bleib sitzen, ich halte dir die Tür auf – entschuldigung? Ich glaube, noch nie in meinem Leben hat ein Kerl einen so altbackenen Satz zu mir gesagt und dabei gleichzeitig so sexy gewirkt. Verdammt, Philipp Jansen ist ein Gentleman.

Er geht um das Auto, öffnet meine Tür und hält mir seine Hand hin.

»Bereit?«, fragt er.

»Bereit, wenn du es bist«, sage ich und lege meine Hand in seine.

»Hältst du das noch immer für eine gute Idee?«, fragt er mich als ich aus dem Auto steige und so dicht vor ihm stehe, dass ich sein Aftershave riechen kann. Er trägt wieder dieses herbe. So sexy.

»Ich habe es nie für eine gute Idee gehalten. Aber es ist die beste, die du hast, also ziehen wir sie durch.«

Ich hatte ja keine Ahnung – wirklich keine Ahnung – wie sehr so ein Bürgermeister umschmeichelt wird. Ernsthaft! Die Leute scharen sich um Philipp. Jeder möchte mit ihm sprechen, ihm die Hand schütteln, in seiner Nähe sein.

Philipp und ich werden schon in den ersten fünf Minuten getrennt, weil ihn Mitglieder des Shanty-Chors beschwatzen am Vorwahlabend singen zu dürfen. Also stehe ich ein wenig abseits und plötzlich steht Stefan, eine dicke Spiegelreflexkamera um den Hals, neben mir. »Soso, der Bürgermeister also.«

»Soso, jaja«, entgegne ich kühl.

»Seit wann seid ihr denn zusammen?«

»Ist das off the record?«

Verdutzt sieht er mich an.

»Meine Schwester ist Journalistin. Sie schreibt für die *Martina*. Also: Ist das ein offizielles Interview oder ein Gespräch off the record?«

»Wir befinden uns zehn Tage vor der Wahl und du bist die geheimnisvolle Frau an der Seite unseres Bürgermeisters. Das ist auf jeden Fall ein Interview.«

»Na dann danke für die Information. Zu deinen Fragen: Wir haben uns an Ostern beim Wandern in seiner Heimat kennengelernt.«

»Ostern? Mh.« Er zieht einen kleinen Block aus der Gesäßtasche und notiert sich die Information. »Ostern. Warst du da nicht noch in Bali?«

»Herr Öxler«, ruft jemand aus der Ferne. »Könnten Sie ein Foto machen? Herr Öxler?«

Stefan geht und in meinem Kopf schwirrt alles. Er weiß von Bali. Wieviel weiß er? Wieviel kann er rausbekommen? Shit. Shit, shit, shit! Ob ich es Philipp sage? Aber was würde das bringen? Jetzt sind wir hier und ich bin die Frau an seiner Seite. Was, wenn ich ihm alles erzähle? Er könnte nicht mit mir Schluss machen – niemals wählen die Reriker jemanden, der nur einen One-Night-Stand zum Hafenfest mitbringt. Aber er könnte sagen, ich wäre eine gute Freundin. Nein, könnte er nicht – eben habe ich Stefan die offizielle Bestätigung gegeben, dass wir ein Paar sind. Verdammt!

Ein junger Mann in schicker Weste und roter Fliege um den Hals kommt mit einem Tablett Sektgläser an mir vorbei und ich schnappe mir eines davon. »Ist das echt?«, frage ich ihn.

»Echt?«

»Echter Alkohol?«

Er grinst. »Absolut.«

»Selbst ausprobiert?«

Er nickt und grinst noch breiter. »Aber verraten Sie's nicht meiner Chefin.«

»Abgemacht. Bleib in der Nähe.«

Er geht und plötzlich steht Philipp vor mir. »Ich glaube, wir haben uns verloren.«

»Gut möglich. Stefan Öxler hat mich befragt. Ich hab ihm gesagt, dass wir uns an Ostern beim Wandern in Bayern kennengelernt haben.«

»Sehr gut, das trifft sich mit meiner Aussage dem Vereinsvorsitzenden gegenüber.«

»Ach? Ihr habt über mich gesprochen?«

Er lehnt sich näher zu mir, da andere Besucher näher zu uns aufgerückt sind. »Jeder möchte wissen, wer die hübsche Dame an meiner Seite ist.« Sein Atem kitzelt meinen Nacken und ich schaudere angenehm. Meine Knie werden ganz weich. Verdammt! Ida Kohnke – erinnere dich an seine zweite Regel: Keine Gefühle!

»Komm«, sagt er. »Ich stell dich ein paar Leuten vor, die für dein Bauvorhaben vielleicht von Nutzen sein könnten.« Er legt seine Hand auf meinen unteren Rücken, dorthin, wo kein Stoff mehr liegt.

Für einen Moment scheint er die Hand zurückziehen zu wollen, vielleicht weil er sich an meine Antatschregel erinnert, vielleicht aber auch, weil er erschrocken ist, wie tief das Rückenteil ausgeschnitten ist. Dann lässt er die Hand aber doch liegen und führt mich sanft aber mit sicheren Berührungen vor sich durch die Menge. Wieder dieses kribbelige Gefühl. Vielleicht teilt der Kerl Stromschläge aus? Vielleicht macht das sein Anzug? Die billigen von der Stange laden sich doch häufig auf. Wobei Philipps Anzug nicht wie von der Stange aussieht. Eher wie maßgeschneidert.

Wir erreichen eine Gruppe von drei Senioren in schicken Kapitänsanzügen.

»Meine Herren, darf ich Ihnen Ida Kohnke vorstellen? Sie plant ein Yoga- und Bewegungszentrum hier im Ort.«

»Ach, das klingt ja spannend«, sagt ein kleiner Mann mit unzähligen Falten und grauem Haarkranz.

»Ida, das ist Eduard Schmalzer.« Und weil ich den Zusammenhang ganz offensichtlich nicht begreife, fügt er hinzu: »Von Schmalzer und Schmalzer.«

»Oooh! Herr Schmalzer! Das ist ja schön, Sie kennenzulernen! Erst heute war ich auf Ihrer Webseite.« Weil mir so ein fremder Typ Ihren Firmennamen in den Bauantrag hat schreiben lassen.

»Ach, tatsächlich?«

»Ja, ich suche noch einen Baupartner für mein Vorhaben.«

»Entschuldigung? Ein Foto für das Reriker Blatt?« Stefan Öxler. Perfektes Timing. Gerade, als ich mich beim Chef meines zukünftigen Baupartners einschleimen will. Um bessere Konditionen zu bekommen.

»Sicher«, sagt Philipp höflich, aber reserviert.

»Herr Bürgermeister, vielleicht mit einem Glas Sekt zum Anstoßen?«, schlägt Stefan vor. »Der Rest der Gruppe hält eines in der Hand.«

Da hat er allerdings recht. Alle anderen halten eine Flöte, nur Philipp nicht.

»Moment«, sage ich, »diesem Umstand kann Abhilfe geleistet werden.« Ich winke dem Jungen mit dem Tablett und er kommt umgehend zu mir. »Der Herr Bürgermeister braucht ein Glas zum Anstoßen.«

Der Kellner reicht Philipp eine Flöte und schon stellen wir uns zusammen mit den drei Senioren für das Foto auf, wobei Philipps Hand um meine Taille liegt und ich meine Schläfe an seine Schulter lehne. Fühlt sich an, als wäre seine Schulter nur dafür gemacht.

Die Kamera klickt mehrmals, dann lösen wir die Gruppe auf.

»Sagen Sie, Herr Bürgermeister, wie wäre es mit einem Kuss für das Reriker Blatt mit der bezaubernden Dame an Ihrer Seite? Das gäbe doch ein schönes Titelbild.«

Oh. Mist. Kein Geknutsche hatte ich gesagt. Das war eine meiner Regeln. Aber hier steht Stefan. Der

Typ, der mich als Bestandteil einer dämlichen Wette geküsst hat. Und vor mir steht Philipp. Der Typ, den ich im Bauamt geküsst habe. Wir sehen uns an und ich tue das einzig richtige. Ich lächele mein bezauberndstes Lächeln. »Aber sicher doch.« Ich strahle Philipp an und für einen Augenblick klebt sein Blick an meinen Lippen. »Mit einem Bild«, flüstere ich, so, dass nur er es hören kann, »wäre ganz Rerik klar, dass dich heute Abend nicht deine Cousine begleitet hat.« Vielsagend hebe ich eine Augenbraue.

»Dann ... okay.« Er zieht mich näher an sich und ich muss das Kinn heben. Meine Brust berührt seinen Oberkörper und ich spüre sein Herz unter seinem Hemd schnell schlagen. Er ist ganz schön aufgeregt wegen dieses Hafenfests. Oder wegen der Rede, die er gleich halten muss. Ich hätte gedacht, nach so vielen Jahren ist man an solche Veranstaltungen gewohnt.

Und dann legen sich seine Lippen auf meine. Wieder strömt dieser herbe Duft in meine Nase. Doch bevor ich den Moment richtig genießen kann, löst sich Philipp auch schon wieder von mir. Etwas steif in seinen Bewegungen. Er zieht die Lippen ein, leckt sie ab – wahrscheinlich um verräterische Lippenstiftspuren abzuwischen – und schluckt, dass sich sein Kropf sichtbar hebt und wieder senkt.

Stefan schaut auf das Display seiner Kamera. »Oh, das tut mir leid – das war zu schnell für die Lichtverhältnisse. Ich hab den falschen Modus drin. Nochmal bitte und etwas länger die Pose halten.

Sorry, ist nicht meine Kamera. Die andere ist in der Reparatur und mit der hier … es ist eine Katastrophe.«

»Ahja«, sagt Philipp steif. »Das ist ja … schlechtes Timing.«

»Allerdings. Also einfach ein bisschen länger zusammenbleiben …« Er hält sich die Kamera wieder ans Auge und ich blicke Philipp schmunzelnd in sein viel zu ernstes Gesicht. Ich weiß gar nicht, warum er so bitter dreinschaut. Eigentlich hat die Szene doch Humor. Wenn man weiß, dass wir hier eine Show abziehen und zum Knutschen gezwungen werden, finde ich das auf jeden Fall lustig.

Ich recke meinen Hals und er legt seine Hand sanft an meine Wange, sein Daumen ruht auf meinem Kinn. Eine Gänsehaut bildet sich genau dort, wo er mich berührt. Dann senkt er seinen Kopf, schließt die Augen und seine weichen, vollen Lippen liegen wieder auf meinen. Und bleiben dort. Und weil es unnatürlich aussähe, einfach nur die Lippen aufeinanderzulegen und Stefan ewig braucht, um sein Bild zu schießen, bewege ich meine Lippen. Ich öffne sie ein wenig. Nur ein klitzekleines bisschen. Und Philipp stöhnt leise auf.

»Danke, ist drin«, sagt Stefan und Philipp löst langsam seine Lippen von meinen. Verwirrt blicke ich ihn an. Was sollte das Stöhnen? Hat er den Kuss genossen oder ist genau das Gegenteil der Fall? Hat er es gehasst und deshalb genervt aufgestöhnt? Der arme Kerl tut auch echt alles für seine Wiederwahl.

Küsst sogar wildfremde Frauen vor Kameras, obwohl er das nie wollte.

Stefan lässt uns allein und Philipp und ich sehen uns noch immer in die Augen.

»Tut mir leid«, sagt er.

»Was?«

»Der Kuss. Das war außerhalb der Regeln.«

Ich schüttele den Kopf. »Die Regeln sind flexibel, denke ich. Die Situation hat es notwendig gemacht, dass wir uns küssen. Außerdem hat mir gefallen, wie Stefan geglotzt hat.« Ich grinse breit. »Ich glaube, damit habe ich ihm das von damals heimgezahlt.«

»Den Bürgermeister zu küssen, macht die Schmach von damals wett?«

»Denke schon.«

Philipp grinst, greift nach meiner Hand und führt mich zu der kleinen Bühne, die extra für das Fest aufgebaut worden ist.

»Meine Damen und Herren«, begrüßt der Vorsitzende des Reriker Maritimclubs die Gäste. »Herzlichen Dank für Ihr Erscheinen. Ich bitte Bürgermeister Philipp Jansen für die offizielle Eröffnung des Hafenfests auf die Bühne.«

Ich ziehe die Rede aus meiner Handtasche und reiche sie ihm. »Viel Erfolg«, wispere ich und er schmunzelt irritiert. Irritiert, aber dankbar. Selbstbewusst tritt er auf das Podium und tritt an das Mikrofon. Er liest die Rede ab, Wort für Wort, und ich beobachte die anderen Zuhörer. Sie hängen alle an seinen Lippen.

Schließlich kommt mein dazu geschriebener Teil. Das Finale. Philipp stockt kurz, räuspert sich, wirft mir einen strengen Blick zu und liest dann aber doch vor.

»Und nun hoffe ich auf ein flottes Tänzchen mit jedem von Ihnen. Deshalb werde ich ...« Er hält inne und hebt die Augenbrauen, aber ganz offensichtlich ist er nicht spontan genug, um vom Text abzuweichen. »den Tanz mit meiner bezaubernden Partnerin eröffnen. Ich hoffe, der DJ hat einen flotten Discofox-Mix mitgebracht. Wir sehen uns auf der Tanzfläche - prost. Ja ... Prost«, wiederholt er den Schluss, als könne er nicht fassen, dass er das gerade laut vorgelesen hat. Er steckt die Rede ein, schüttelt die Hand des Vorstandsvorsitzenden und kommt zu mir zurück. Ich presse die Lippen aufeinander, um nicht laut loszulachen.

»Wenn du tanzen willst«, flüstert er in mein Ohr, »hättest du nur fragen müssen.«

»Ich war mir nicht sicher, ob du mir einen Korb gibst.«

»Was, wenn ich gar nicht tanzen kann?«

»Dann lernst du es heute Abend.«

Philipp verschränkt die Arme vor der Brust und sieht wirklich wütend aus. »Bist du sauer?«, frage ich.

»Ja.«

»Wieso?«

Zögern. Dann: »Weil ich mich vor anderen nicht zum Affen machen will.«

»Tanzen ist doch nicht zum Affen machen. Ach, komm schon! Dir ist schon schlimmeres passiert. Weißt du noch, als dich eine wildfremde Frau geküsst und vor deinem Kollegen *Babe* genannt hat? Das war peinlich.«

»Ich finde, tanzen gehört in dieselbe Kategorie.«

»Wir können aber nicht gehen. Du hast es in deiner Rede versprochen.«

»Und genau deshalb bin ich wütend.«

»Ach komm schon, sei nicht so ein Spielverderber …«

»Spielverderber? Ist dir eigentlich klar, dass heute Abend über achtzig Prozent der Gewerbesteuerzahlenden hier sind? Über achtzig Prozent!«

»Ist die Zahl aktuell oder von vor vier Jahren?«

»Ich meine es ernst, Ida! Ich kann mich vor denen nicht blamieren! Die bezahlen auch für Reriks Wohlstand.«

»Auch. Aber wenn ich dich erinnern darf: Rerik ist ein Badekurort. Entspann dich, die Einnahmen kommen durch die Touristen, nicht durch alte Männer in Kapitänsanzügen.«

Der Teil der Reden ist vorbei und der Vorstandsvorsitzende kündigt den DJ und den versprochenen Discofox an.

»Scheiße«, entfährt es Philipp, zum Glück so leise, dass nur ich es hören kann.

»Aber, aber, Herr Bürgermeister. Es ist nur ein

Tanz. Ich dachte ehrlich, du würdest dich freuen, mit mir tanzen zu dürfen.«

Plötzlich hält er inne und sieht mich an. Sieht mich richtig an. Dann nickt er. »Es ist mir eine Freude mit dir zu tanzen, ehrlich. Ich hätte nur gern vorher einen Tanzkurs belegt.«

Ich lache. »Tja, dafür ist es tatsächlich zu spät. Merk dir einfach: Vor, zurück, vor, zurück, Partnerin drehen – gut festhalten – und dann wieder vor, zurück, vor zurück. Das schaffst du.«

»Du bist mein Ende.«

»Du bist theatralisch. Eventuell bin ich das Ende deiner Wahlperiode, aber sicher nicht dein Ende. Und jetzt komm, alle warten auf uns.«

Philipp greift nach meiner Hand, hält sie ganz fest, so als könnte ich ihm Halt geben. Dann zieht er mich auf die Tanzfläche, die sich spontan gebildet hat. Die Musik setzt an – Atemlos von der guten alten Helene, was für ein Discofox-Klassiker – und siehe da: Philipp kann sehr wohl die Schritte! Von wegen, er könne nicht tanzen. Er hebt meine Hand und ich drehe mich, bis er mich festhält. Wieder und wieder, bis ich lachend rufe: »Ich dachte, du bräuchtest einen Tanzkurs? Von wegen!«

»Der letzte ist ein paar Jahre her. Und wenn ich es mir recht überlege: Vielleicht hat die Chemie mit meiner Tanzpartnerin einfach nicht gestimmt.«

Er grinst, nein, er lächelt. So richtig glücklich lächelt er. Aber alles, woran ich denken kann, ist: Wer war seine Tanzpartnerin? Wie lange hat er mit ihr getanzt? War da vielleicht mehr als nur tanzen zwischen den beiden?

»Wo hast du so tanzen gelernt?«, fragt er mich.

»Mexiko.«

Er lacht auf. »Ist das dein ernst?«

»Klar! Ich hab dir doch gesagt, ich war fünf Jahre lang unterwegs. Schau auf meinem YouTube-Kanal nach, wenn du mir nicht glaubst. Muss in den Folgen vierhundertnochwas bis fünfhundertsechzig vorkommen.«

»Warum nicht fünfhunderteinundsechzig?«

»Weil das meine erste Folge in Indien ist.«

Im Hintergrund nehme ich Stefan und seine Kamera wahr. »Bitte lächeln, Herr Bürgermeister«, sage ich. »Sie werden fotografiert. Dann sind Sie morgen auf der Titelseite«, wiederhole ich Stefans Worte.

Philipp schüttelt den Kopf. »Morgen nicht mehr. Redaktionsschluss war um sechzehn Uhr. Aber am Samstag.«

»Perfekt«, sage ich und er legt sich tatsächlich ins Zeug, mich so richtig glücklich anzustrahlen.

Kapitel Fünf

Wenn ich etwas liebe, dann ist es der Geschmack von Salz auf meinen Lippen, das Plätschern des Wassers vor mir, das Kreischen der Möwen über meinem Kopf und die warme Sonne über mir. Ich schließe die Augen und atme tief ein. Ich sehe mich hier noch rennen, als Kind. Mit meinen Schwestern, jede ein Eis in der Hand, Elin mit Möwenkacka im Haar. Diese Erinnerungen fühlen sich so fern an. Wie von einem anderen Menschen gelebt. Und irgendwie bin ich das ja auch. Ein anderer Mensch.

Nach all den Orten, die ich in den letzten Jahren bereist habe – Rerik ist und bleibt der Ort meiner Kindheit. Und auch, wenn sich alles in mir sträubt, das zu sagen, aber: Rerik ist meine Heimat. Jetzt vielleicht mehr denn je.

Die Surfschule hat ihren Brunch am Ende des

Stegs aufgebaut. Die Werbefahne und die Tischdecken wedeln im Wind und locken so die Besucher.

Philipp erwartet mich am Strand – barfuß, die braunen Lederschuhe an den Schnürsenkeln in der Hand. Auch vor ihm macht die Brise keinen Halt, zerrt an seinen dunklen Haaren und dem weißen Hemd.

Ich gehe auf ihn zu und er betrachtet mich von oben bis unten mit offenem Mund. Erst als ich vor ihm stehe, schließt er ihn und verzieht die Mundwinkel zu einem spöttischen Lächeln. »Ein Bikini?«

Aha. Deshalb der offene Mund. Er findet mein Outfit unpassend. Einer First Lady unwürdig. »Eine Anzughose? Es ist der Brunch der Surfschule, Herr Bürgermeister, kein schickimicki Event mit Schlips und Kragen.«

»Aber ich bin der Bürgermeister. Von mir wird ein bestimmtes Auftreten erwartet.«

Ich rolle mit den Augen. »Was das betrifft, irrst du dich. Heute bist du auf meinem Terrain. Komm schon, Chef.«

»Chef? Ich dachte, wir sind uns einig, dass ich dich nicht wie eine Eskortdame behandeln soll.«

»Sollst du auch nicht. Aber das muss ja nicht bedeuten, dass ich dich nicht wie einen Chef behandeln darf.« Ich zwinkere ihm keck zu und ein klitzekleines Lächeln huscht über sein Gesicht. Nice! Er sollte wirklich öfter lächeln. Dann würde ihn das Reriker Blatt sicherlich als den Sunnyboy-Bürgermeister mit den dunklen Haaren betiteln und nicht als den Grusel-Grizzly von den Bayerischen Bergen.

Wir schlendern den Steg entlang. Vorn auf dem Podest haben sie Tische aufgestellt und die weißen Tischdecken mit Klammern daran befestigt, damit sie nicht vollkommen unkontrolliert im Wind flattern. Es sind schon zahlreiche Menschen versammelt, was das Durchkommen für uns ein wenig schwierig macht. Philipps Hand umfasst meine fester.

»Alles okay?«

»Ja«, antwortet er mürrisch. »Verdammt eng.«

Neben uns stoßen Gäste mit Bier aus Dosen an.

»Alkohol am frühen Morgen«, brummelt Philipp.

»Was hast du dagegen? Es ist nur Bier und außerdem elf Uhr.«

»Ich mag Alkohol einfach nicht.« Er sagt es in einem Ton, der mich aufhorchen lässt. Ich mag Alkohol auch nicht. Mein Vater war nur dann gewalttätig, wenn er getrunken hatte.

»Moin, Herr Bürgermeister!«, begrüßt ihn ein Typ in Badeshorts, Sonnenbrille und Cappy und stellt sich als Simon vor. Er ist der Besitzer der Surfschule.

Philipp stellt mich vor und wir fachsimpeln, ob die Wellen auf Fuerteventura oder in Kalifornien besser sind, und er beschwert sich, dass man in Rerik nur Windsurfen kann, also mit einem Segel.

»Wollen Sie auch mal aufs Brett?«, fragt er

Philipp nach einer Weile. Aber der winkt ab – oh, Überraschung.

»Dafür bin ich vollkommen falsch angezogen.« Was für eine schlechte Ausrede.

»Kein Problem, wir haben Neoprenanzüge. Da können Sie einfach einen haben.«

»Den andere vor mir angehabt haben? Auf keinen Fall.«

Ich lehne mich zu ihm. »Was ist das Problem? Es würde dich sympathisch machen, wenn du aufs Brett steigst. Stell dir die Fotos in der Presse vor.«

»Glaub mir: Genau das tue ich. Und ich kann auf Fotos von mir in einem Neoprenanzug definitiv verzichten.«

»Aber warum?« Ich betrachte ihn von Kopf bis Fuß. »Du würdest gut aussehen in einem Neoprenanzug.«

»Niemand sieht gut aus in einem Neoprenanzug.«

Ich verdrehe die Augen und reiche ihm meinen Orangensaft. »Simon? Wenn ich darf, würde ich es liebend gerne wagen.«

»Echt? Cool! SUP oder windsurfen?«

»Gerne windsurfen.«

Philipp sieht mich aus großen Augen an und ich grinse ihm einfach frech zu, während ich Simon in die kleine Hütte folge. Dort gibt er mir einen Neoprenanzug, das Brett und hilft mir, das Segel anzubringen. Und was soll ich sagen? Als ich in meinem schicken Neoprenanzug zurück auf den Steg trete, betrachtet mich Philipp von oben bis unten – und ich schwöre: Sein Mund steht dabei offen.

Ich trete zu ihm und wende ihm meine Rückseite zu. »Kannst du mal bitte den Reißverschluss hochziehen?«

Ich glaube, ihm klappt die Kinnlade zu, anders kann ich mir das Geräusch nicht erklären. Langsam, ganz langsam, zieht er den Reißverschluss hoch und dort, wo seine Finger die zarte Haut an meinem Rücken berühren, hinterlassen sie eine heiße Spur.

Als er fertig ist, drehe ich mich zu ihm und flüstere: »Und, Herr Bürgermeister? Sieht wirklich *niemand* gut aus in einem Neoprenanzug?«

Er schluckt trocken.

An der Leiter gehe ich ins Wasser und schwimme Richtung Ufer, wo Simon knietief steht und mir Brett und Segel reicht.

Zuletzt war ich Windsurfen auf einem See in Indonesien. Dort war das Wasser lange nicht so ruhig wie hier. Aber der Wind steht gut. Dürfte lustig werden.

Ich steige auf und stelle das Segel in den Wind. Dieses Gefühl – ich liebe es. Auf den Wellen stehen, das Gesicht in den Wind halten und dann Fahrt aufnehmen. Ich juchze vor Glück.

Philipp steht am Geländer gleich neben der Treppe und sieht mir zu, ein Lächeln auf seinem Gesicht.

»Na?«, rufe ich zu ihm rüber. »Hast du doch Lust bekommen?«

Er schüttelt den Kopf und nippt an meinem Orangensaft. Ganz schön frech, einfach meinen Saft zu trinken. Aber auch irgendwie … heiß.

Da sehe ich Stefan hinter ihm. Er spricht ihn zusammen mit Simon an und sie stellen sich für ein Foto auf.

Ich senke mein Segel, hänge es ein und paddele zurück Richtung Podest, beobachte aufmerksam die Fotosession. Stefan scheint die Kamera des Kollegen noch immer nicht im Griff zu haben – es dauert ewig, bis er die Gruppe entlässt. Und da passiert es: Stefan wird von einem der Gäste zur Seite gedrängt, stößt gegen Philipp, der unglücklicherweise gerade in diesem Moment genau dort steht, wo die Treppe ins Wasser führt, und stürzt in die Ostsee.

Ups. Da ist der schöne Anzug wohl dahin.

Aber irgendetwas stimmt nicht. Philipp braucht viel zu lange, um wieder aufzutauchen, und als er es tut, rudert er wie wild mit den Armen. Ich bin keine fünf Meter mehr von ihm entfernt und auf dem Podest macht niemand Anstalten, unserem Bürgermeister aus der See zu helfen, also paddele ich wie eine Verrückte auf ihn zu. Wieder versinkt sein Kopf unter der Wasseroberfläche, taucht auf und sein Gesicht spiegelt dabei die pure Panik. Was tut er da? Kann er etwa nicht schwimmen?

»Hilfe!«, ruft er. »Hilfe!«

Stefan steht an der Balustrade und knipst ein Foto nach dem anderen, Simon kommt wie aus dem Nichts und springt Philipp hinterher ins Wasser, aber ich bin schneller bei ihm. Gemeinsam wuchten wir Philipp auf mein Board.

»Ganz ruhig, wir haben dich«, sage ich, aber Philipp ist vollkommen außer sich und schlägt um sich. »Halt ruhig, verdammt! Ich hab dich doch! Halt dich hier fest.« Ich führe seine Hand an die Fußschleife und er krallt sich daran fest. Dann lasse ich mich zu Simon ins Wasser ab und helfe ihm, den Rest von Philipps Körper auf das Brett zu hieven. Als er oben ist, bleibt er darauf liegen und schließt die Augen.

»Danke, Simon.«

»Kein Problem«, sagt er und schwimmt zurück zum Podest. Ich höre immer noch das Klicken von Stefans Kamera und steuere stattdessen den Strand an.

»Sag mal – kannst du nicht schwimmen, oder was?«, frage ich und die Aufregung hängt noch in meiner Stimme.

Er schüttelt den Kopf. »Nein. Nie gelernt.«

»Lernen Kinder in Bayern denn nicht schwimmen?«

Er lacht schwach. »Doch. Schon. Nur ich nicht.«

Ich lege meine Unterarme auf das Brett und so berühren sich fast unsere Nasenspitzen. An seinem Gesicht laufen Wassertropfen entlang und ich betrachte seine geschlossenen Augenlider. »Echt ey, ein Badeort-Bürgermeister, der nicht schwimmen kann, an der Ostsee. Auf sowas kommt doch keiner!

Los, du Schreibtisch-Held, ich bring dich ans Ufer.«

Ich schleppe den Bürgermeister ab. Anders kann man es nicht formulieren. Als er wieder Boden unter den Füßen hat, lässt er sich in den warmen Sand fallen und atmet tief durch. Das weiße Hemd klebt an seinem Oberkörper und ich kann alles – alles – sehen. Die Kurven seiner muskulösen Brüste. Seine Nippel, die sich hart unter dem Hemd abzeichnen. Sein Sixpack – der Schreibtisch-Held hat ein verdammtes Sixpack! Und diese heiße Stelle, die seinen Schritt andeutet ... Mein Unterleib zieht sich zusammen und ich schaue schnell weg.

Da fällt mein Blick auf Stefan. Der hält unverhohlen weiter die Kamera auf Philipp und schießt ein Bild nach dem anderen. Dieser verdammte Mistkerl! Ich reagiere, ohne nachzudenken, lasse mich neben Philipp in den Sand sinken, mein Gesicht nah an seinem und flüstere: »Halt einfach still.«

»Was ...?«

Aber da streiche ich mit meiner Oberlippe über seine und verharre für einen Moment in der Bewegung. Lege dann meine Lippen auf seine, ganz sanft, ganz sacht. Plötzlich ist da seine Hand in meinem nassen Haar und mir wird ganz schwindelig.

Keine Gefühle, keine Gefühle.

Das sind keine Gefühle! Mir ist nur schwindelig, weil ich eben einen ausgewachsenen Mann aus dem Wasser gerettet habe. Das ist alles.

Ich hebe den Kopf und blicke zum Steg. Stefan checkt die Bilder auf seinem Display.

»Sehr gut. Er hat, was er braucht.«

»Ähm ... Wovon reden wir?«

»Von Stefan. Der hat die ganze Aktion eben fotografiert. Jetzt hoffen wir, dass morgen nicht der ertrinkende Bürgermeister auf der Titelseite abgelichtet wird, sondern der knutschende.« Ich wackele mit den Augenbrauen. »Du darfst gerne danke sagen.«

»Danke«, sagt er, richtet sich etwas atemlos auf und fährt sich durch die nassen Haare.

»Alles okay?«

Er nickt, sieht aber gar nicht okay aus. »Willst du nach Hause?«

»Tja, meine Klamotten sind nass und voller Sand, ich bin vor halb Rerik gerade beinahe ertrunken und wurde von Arielle am Strand geküsst. Ich würde sagen: Es könnte kein besseres Ende geben. Oder fällt dir was ein?«

»Ich denke, was du jetzt brauchst, ist eine heiße Dusche und ein Schnaps. Meinetwegen in umgekehrter Reihenfolge, das überlasse ich dir.«

»Ich trinke keinen Alkohol.«

»Ach nein?«

»Nein.«

»Aber ich hab dich doch mit Alkohol gesehen ...?«

»Fürs Foto halte ich schon mal ein Glas und

wenn es sein muss, tue ich so, als ob ich nach dem Anstoßen einen Schluck trinke. Tue ich aber nicht.«

Mh. Ob er bei den Anonymen Alkoholikern war?

»Und bevor du jetzt denkst, ich wäre trockener Alkoholiker: Bin ich nicht. Aber der Mann von der besten Freundin meiner Mutter war es. Leider nie trocken, nur Alkoholiker.«

»Moment, das muss ich kurz verarbeiten. Wie war das? Der Mann der besten Freundin ...«

»Meiner Mutter, genau. Als Kind durfte ich dort einmal übernachten. Danach nie wieder.«

»Lass mich raten: Der Typ hatte in jener Nacht getrunken und er ist keiner von denen, die dann lustig werden.«

Philipp schüttelt den Kopf. »Nein. Danach musste ich dort nie wieder übernachten und die Freundschaft zwischen meiner Mutter und ihrer Freundin war Vergangenheit.«

»Tut mir leid.« Ich würde ihm noch so gerne sagen, dass ich weiß, was er durchgemacht hat, dass ich weiß, wie sich das anfühlt. Ich kenne sie auch, diese lähmende Angst, diese polternden, brüllenden Geräusche, die das Unheil ankündigen, die Schrecksekunde, wenn er dich gefunden hat, der Moment, in dem dir klar wird, dass du in der Falle sitzt ...

Aber das ist ein Teil meines Lebens, an den ich nicht mehr denken will, nie wieder. Mein Vater ist der Grund, weshalb ich mir meine Partner weise aussuche. Jedenfalls dachte ich, dass ich das täte. Bis die Sache in Bali passiert ist, war ich mir sogar ziemlich sicher, dass ich ein gutes Gespür für miese Typen hätte. Tja. So kann man sich irren.

Zeit für einen Themenwechsel, bevor hier noch Tigertränen rollen.

»Ich hätte da eine fantastische Idee, wie du dich erkenntlich zeigen könntest.«

Er steht auf und klopft sich den Sand von der Hose, was selbstverständlich vollkommen sinnlos ist – das Zeug klebt fest, bis alles trocken ist und wird richtig schön in seiner Waschmaschine knistern.

»Erkenntlich zeigen? Weshalb?«

»Na hör mal! Ich habe dir eben das Leben gerettet.«

Er streicht sich die Haare zurück, aber da ist noch immer diese eine Strähne, die ihm widerspenstig ins Gesicht fällt. Ich lege sie ihm zurecht und er betrachtet dabei eingehend meine Lippen. Ob ich Sand daran habe?

»Und was soll ich tun?«

Schmunzelnd verschränke ich die Arme vor der Brust. »Haben Sie schonmal Yoga gemacht, Herr Bürgermeister?«

Kapitel Sechs

»Ich muss gestehen, ich dachte, du kneifst.«

»Ich halte meine Versprechen immer«, sagt Philipp und steigt aus seinem Mercedes Kombi. »Auch wenn sie peinlich sind und meinem Ruf schaden.« Er trägt eine knielange Sporthose und darüber ein verdammt enges Shirt, in dem seine Muskeln zur Geltung kommen. Diese Arme – Wahnsinn! Er sieht richtig gut aus, aber vor allem sieht er aus, als ob er Sportoutfits öfter tragen würde. Als ob er sich darin wohlfühle.

»Du wirst es nicht bereuen. Immerhin triffst du hier deine Wählerinnen.«

»Oder Margaretes Wählerinnen.«

»Umso besser. Dann kannst du sie von dir überzeugen.« Ich schmunzele und lasse meinen Blick über seinen gebräunten, muskulösen Rücken wandern. Hallo, Herr Bürgermeister, was verstecken Sie denn da unter Ihrem Anzug?

Wir gehen in die Scheune und er hilft mir, die Matten zurecht zu legen und die Kerzen anzuzünden.

»Hat man beim Yoga nicht eigentlich Räucherstäbchen oder sowas?«

»Gut, dass Sie das ansprechen, Herr Bürgermeister! Ist dir klar, dass es in ganz Rerik keinen einzigen Laden mit Räucherstäbchen gibt? Ich musste sie online bestellen. Und es dauert eine halbe Ewigkeit, bis ich sie bekomme – erst am Dienstag oder Mittwoch. Das ist doch unfassbar. Kannst du da nichts machen?«

»Wie jetzt? Soll ich die Lieferbedingungen deines Online-Händlers optimieren?«

»Nein, natürlich nicht. Aber wir brauchen einen Laden in Rerik, in dem man so Zeugs kaufen kann.«

»Zeugs?«

»Räucherstäbchen, Duftöl, Yoga-Matten, Klangschalen ... Du weißt schon.«

»Zeugs, verstehe. Und was genau stellst du dir vor, dass der Bürgermeister da machen kann?«

»Na, ich weiß nicht. Leute finden, die so einen Laden aufmachen. Oder einen Laden finden, der so etwas ins Sortiment nimmt.«

»Ida, ich bin Bürgermeister, kein Einzelhandelsaufbaustratege.«

»Einzelhandelsaufbaustratege?« Jetzt muss ich grinsen. »Das Wort hast du dir doch eben ausgedacht.«

»Ja, weil es sowas, wie du es dir vorstellst nicht

gibt. Klar, kann ich dafür werben, dass in Rerik Läden eröffnet werden. Aber mal ehrlich: Von Räucherstäbchen und Klangschalen bezahlt sich die Miete nicht. Die Touristen kaufen keine Klangschalen. Aber warum verkaufst du das Zeug nicht? Wenn jemand Yoga-Matten und Räucherstäbchen verkaufen sollte, dann ja wohl die Yoga-Tante vom Wäldchen«, sagt er und bezieht sich auf die Straße, in der ich wohne.

»Mh. Yoga-Tante vom Wäldchen. Das gefällt mir. Und deine Idee auch. Es wäre noch eine Einnahmequelle. Zufällig kenne ich sogar eine, die aus Kork Yoga-Zubehör herstellt. Das ist richtig cool. Schweißabweisend, rutschfest, desodorierend ...«

»Klingt nach etwas, dass du auch für deine Pornodrehs verwenden kannst.« Ein Schmunzeln huscht über seine Lippen.

»Allerdings! Also, wenn das mit dem Bürgermeister nicht klappen sollte, kannst du für mich arbeiten.«

»Vor oder hinter der Kamera?«

»Von neun bis siebzehn Uhr hinter der Theke, nach Ladenschluss vor der Kamera.« Ich grinse anzüglich, weil mir die Vorstellung von Philipp als Hauptdarsteller in einem Porno gefällt. Oder zumindest der nackte Philipp in meiner Yoga-Scheune.

Oh Gott – lalalalalala! Katzenbabys, Katzenbabys. Kein Sex, keine Gefühle. Und sicher kein Kopfkino über nackte Bürgermeister in meiner Scheune.

Die ersten Kursteilnehmerinnen treffen ein und

Philipps Anwesenheit verfehlt ihre Wirkung nicht: Die fünf starren ihn neugierig und überrascht von oben bis unten an. Die bald sechzigjährige Lore kann ihre Augen nicht von ihm abwenden und hat dieses merkwürdig gestörte Lächeln im Gesicht, als wäre er etwas zu naschen.

Auf einmal ist es mir furchtbar peinlich und es tut mir leid, dass ich Philipp diesen lüsternen alten Damen vorsetze. Philipp aber ist Profi. Er steht oft im Mittelpunkt und kennt sich damit aus, in jeder Gesellschaft freundlich und nahbar zu sein. Jedenfalls wirkt er auf mich so. Freundlich und nahbar. Wie kommt Stefan Öxler nur dazu, ihn emotionslos zu nennen? Das ist Philipp überhaupt nicht. Im Gegenteil: Er geht so geduldig und freundlich mit meinen Damen um, dass mir ganz warm ums Herz wird.

»Bei der Hitze können Sie das Shirt gerne ausziehen«, quatscht Lore auf ihn ein und während er schallend lacht, treibt es mir die Schamesröte ins Gesicht. Philipp mit nacktem Oberkörper auf der Yogamatte? Das würde zu viel meines Kopfkinos in die Realität versetzen. Wo ich mich doch eh schon so sehr darauf konzentrieren muss, nicht ständig in Tagträume mit ihm zu verfallen.

»Nein, wirklich«, insistiert sie, »bei der Hitze ist das gefährlich, wenn man die Anstrengung nicht gewohnt ist.«

»Sie meinen, ich wäre die Anstrengung nicht gewohnt? Wie anstrengend kann Yoga schon sein?«

Oha, jetzt hat er aber mein Lehrerinnenherz gekränkt. Wie anstrengend Yoga sein kann? Na, dir werde ich es zeigen, du Muskelprotz.

»Lore hat schon recht«, sage ich. »Yoga kann verdammt anstrengend sein, wenn man es nicht gewohnt ist. Aber wenn es dir peinlich ist, wie du oberkörperfrei aussiehst, lass dein Shirt ruhig an.«

Oh. Mein. Gott. Dieses verschmitzte Lächeln in seinem Gesicht. Und dann tut er es wirklich: Er zieht das verdammte Shirt aus. Halleluja. Der Kerl hat ein Sixpack. Ein echtes, richtiges Sixpack. Sein Oberkörper ist sonnengebräunt und ich kann die helle Stelle an seiner Hüfte sehen, an der beim letzten Sonnenbaden die Hose begonnen hat.

Ich schlucke trocken und löse mich von dem Anblick. »Auf die Matten, meine Damen. Und der Herr.«

Lore und die vier anderen verteilen sich auf den Matten, Philipp aber lehnt sich dicht an mein Ohr und flüstert: »Und – muss es mir peinlich sein? So ohne T-Shirt?«

Sein Atem kitzelt meinen Nacken und wieder bildet sich eine verräterische Gänsehaut. Angespannt presse ich die Lippen aufeinander und schüttele stumm den Kopf. Wieder dieses Grinsen. Scheint, als hätte ich seine Art von Humor entdeckt. Frauen mit seinem nackten Oberkörper aus dem Konzept bringen. Prima. Dann wäre dieses Rätsel gelöst.

Auch wenn es den anderen gegenüber ein klein wenig gemein ist, aber heute mache ich ganz besonders schwierige Übungen. Und die Mädels halten ächzend und schwitzend mit, aber ich bin erst zufrieden, als auch Philipp die Schweißtropfen auf der Stirn stehen und die Arme – die muskulösen Arme – bei Krieger Eins zittern. Prüfend korrigiere ich seine Haltung, hebe seine zitternden Arme ein wenig höher, tippe sacht gegen seinen Bauch. »Bauchmuskulatur anspannen.«

»Po auch?«, fragt er.

»Ja«, aber da tätschele ich dich nicht, frecher Bürgermeister. Das könnte dir so passen. »Und jetzt nach vorne unten auffächern und in den Herabschauenden Hund treten.«

Philipp tut, was ich ihm sage. Carina und Lore auf ihren Matten hinter ihm starren ihm unverhohlen auf den Hintern.

»Konzentration, bitte«, ermahne ich die beiden und sie kichern wie kleine Mädchen, die beim Liebesbriefe schreiben erwischt wurden. Damit sie konzentrierter bei der Sache sind – und Philipps Besuch nicht noch peinlicher für ihn und für mich gestalten – bleibe ich zwischen ihren Matten stehen und genieße den Ausblick. Ja, dieser Hintern kann sich sehen lassen. Was auch immer er tut, um sich fit zu halten – es funktioniert.

»Heute war es aber besonders hart«, jammert Lore am Ende der Stunde.

»Ach, findest du? Ich hab's eigentlich gestaltet wie immer.«

Philipp guckt mich an, als würde er mich der Lüge bezichtigen. Nicht doch, mit den alten Damen ziehe ich immer das harte Programm durch. Gut, bis auf den Handstand am Ende, der war vielleicht wirklich mehr, um ihm zu zeigen, dass nicht nur er in diesem Raum fit ist. Ich hab ihn gestanden wie eine eins.

»Herr Jansen, kommen Sie jetzt öfter?«, hakt Lore nach.

»Ähm ...«

Ich hänge mich an Philipps Arm, wie eine feste Freundin das nun mal tut, und sage: »Philipp wird auf jeden Fall öfter hier zu sehen sein.« Mein Zwinkern sagt ihr alles. Und ich hoffe, sie geht gleich in Rerik herum und macht Werbung für meinen Yoga-Kurs, bei dem mit etwas Glück der sexy Bürgermeister anwesend sein wird – oben ohne. Das würde meinen Teilnehmerzahlen guttun.

»Ooooh, verstehe! Sehen wir uns dann heute Abend bei der Premiere? Ich habe gesehen, Sie halten eine Rede zur Eröffnung.«

»Ja«, sagt Philipp. »Ich freue mich, Sie dort zu treffen.«

»Und ich mich erst.« Sie lächelt wieder so merkwürdig, merkwürdig psychisch durchgeknallt. Vielleicht hat sie einen Schlaganfall erlitten. Bei dem Anblick und der harten Yoga-Einheit kein Wunder.

Philipp schnappt sich als letzter seine Tasche und wir verlassen alle zusammen die Scheune.

»Bleiben Sie denn nicht hier?«, fragt Carina überrascht, als Philipp sein Auto ansteuert.

»Äh«, etwas panisch sieht er mich an, aber ich werde einen Teufel tun, ihm jedes Mal aus der Patsche zu helfen. Er ist hier der Boss. »Nein. Ich meine, doch. Ich wollte nur meine Tasche ins Auto stellen.«

»Ach, verstehe. Dann bis zum nächsten Mal!«

»Und viel Spaß beim Duschen«, ruft Lore winkend.

Wir winken zurück – beide mit hochroten Köpfen.

»So, dann werd ich mal«, sagt Philipp, nachdem Carina zu Fuß als letzte die Auffahrt verlassen hat.

»Was wirst du mal?«

»Na, heimfahren. Ich muss noch duschen und mich umziehen.«

Ich pruste. »Das kannst du vergessen. Carina wohnt nur zwei Häuser weiter und lebt an ihrem Fenster. Die bemerkt das sofort, wenn du abhaust. Dann denken alle, wir hätten uns gestritten. Oder eine Fake-Beziehung.«

Er verzieht den Mund. »Tja. Und jetzt? Ich hab meine Sachen für heute Abend zuhause. Und ich muss dringend duschen. War überraschend anstrengend.«

»Überraschend anstrengend, ja? Na, das freut mich aber.«

»Und du hast eine Regel gebrochen.«

»Wie bitte?«

»Du hast mich angetatscht.«

»Angetatscht?« Ich lache. »Ich habe deine Haltung korrigiert. Das wird im Rahmen sportlicher Aktivitäten ja wohl erlaubt sein. Schon aus Sicherheitsgründen.«

Verschmitzt lächelnd – kann er bitte damit aufhören? – verschränkt er die Arme vor der Brust. »Aus Sicherheitsgründen?«

»Ich sage nur ein Wort: Verletzungsprävention.«

»Verletzungsprävention? Ah ja.«

»Ja. Du kannst froh sein, dass du dir so untrainiert wie du bist, keine Zerrung geholt hast.«

»Untrainiert wie ich bin – da habe ich ja nochmal Glück gehabt.«

»Allerdings, du Papagei.«

»Und so untrainiert wie ich bin, habe ich geschwitzt und verschwitzt möchte ich wirklich nicht zu dieser Theaterpremiere gehen.«

»Da kann ich Abhilfe schaffen. Wie es der Teufel will, habe ich eine Dusche im Haus. Wir können also sehr gerne duschen, so wie es Lore vorgeschlagen hat – zusammen.« Verführerisch blinzele ich ihn von unten hinauf an. Nicht nur er kann einen auf sexy machen.

Aber er blinzelt nur hektisch und schluckt schwer. So viel dazu, dass auch ich sexy für ihn sein könnte und nicht nur umgekehrt. Die Vorstellung, sich mit mir eine Dusche teilen zu müssen, scheint so abstoßend für ihn zu sein, dass er bei dem Gedanken daran in puren Stress verfällt. Wahrscheinlich weil ihm keine elegante Abfuhr einfällt, die mich nicht verletzen und damit unsere Liaison gefährden könnte.

Ich seufze. »Entspann dich, Romeo. Du unten, ich oben.«

»Wie bitte?«, fragt er mit hoher Stimme.

Was ist nur los mit ihm? »Die Duschen. Es gibt unten ein Bad und oben. Oder willst du vorher was trinken? Zu viel Blut im Kopf?«

»Ja. Zu viel Blut. Im Kopf.«

Bevor ich selbst in die Dusche steige, fällt mir siedend heiß ein, dass ich Philipp gar kein Handtuch gegeben habe. Mist. Ich bin schon nackt und will nicht mehr in meine verschwitzten Klamotten steigen, also wickele ich mir ein Badetuch um und husche nach unten. Seine Dusche läuft schon. Er hat wohl auch nicht an ein Handtuch gedacht. Ha, der würde große Augen machen, wenn er splitterfasernackt und nass von Kopf bis Fuß im Bad kein einziges Handtuch fände.

Mh. Nackt. Und nass von Kopf bis Fuß ...

Ida Kohnke!

Ich klopfe an. »Philipp, kann ich reinkommen? Ich hab noch ein Handtuch für dich.«

Keine Antwort. Nochmal klopfen. Wieder keine Antwort. Ich öffne die Tür einen spaltbreit. »Philipp, ich hab ein Handtuch für dich. Ich leg's dir rein.«

Er macht den Wasserstrahl aus und rammelt an der Duschkabinentür rum. »Was hast du gesagt?«

»Ich hab dein …«

Im nächsten Moment reißt er mir die Badtür aus der Hand. Und irgendwie – keine Ahnung, wie solche Dinge passieren – erwischt er dabei mein Handtuch, oder es hat sich an der Klinke verfangen, jedenfalls reißt es mir so schnell vom Leib, dass ich nicht mehr reagieren kann. Und das schlimmste: Seine Augen starren direkt auf meine nackten Brüste. Ich kann es ihm noch nicht mal verübeln. Alles geht so schnell, so schnell kann kein Gentleman der Welt die Augen zumachen geschweige denn sich umdrehen.

Als ihm klar wird, was hier gerade passiert, kneift er die Augen zu und hält sich die Hände vors Gesicht. »Ich hab nix gesehen!«

Als mir klar wird, dass ich komplett entblößt vor ihm stehe, bücke ich mich hektisch nach dem Handtuch und presse es vor meine Frontseite. »Lügner! Alles hast du gesehen!« Und ich jetzt auch, denn die Tür, die er losgelassen hat, um sich die Augen zuzuhalten, ist ein paar Zentimeter aufgeschwungen – danke, liebes altes, schiefes Haus – und Philipp steht ebenso nackt vor mir. Und oh. Mein. Gott. Dieser Körper ist … und dazu noch pitschnass. Die Tropfen laufen ihm über die gebräunten Schultern, die Brust mit den harten Nippeln, den Bauchnabel, den ich zu gerne mal mit meiner Zunge umkreisen würde, die Hüfte bis hinunter zu seinem ...

Oh Hilfe!

Jetzt ist es an mir die Augen zuzupressen. »Also, jedenfalls hab ich dir nur schnell ein Handtuch gebracht. Bis später.«

Anders als erwartet, hat er mich nicht in seinem Auto warten lassen, sondern in seine Wohnung eingeladen. Er wohnt in einem der Häuser direkt im Ortskern. Vierter Stock, kein Aufzug – kein Wunder, dass er im Rathaus die Treppen rauf und runter springt, ohne auch nur ein klitzekleines bisschen außer Puste zu geraten. Er schließt die Tür auf und ich trete nach ihm ein.

»Warte hier kurz, ich zieh mir nur schnell etwas anderes an.«

Mit offenem Mund sehe ich mir seine Wohnung an. Philipp geht mit weiten Schritten durch den offenen Wohn- und Essbereich zu einer Treppe aus dunklem Holz, die knarzt, als er sie hinaufsteigt. »Ist dein Schlafzimmer oben?«

»Ja. Schlafzimmer und Bad. Unten sind Küche, Essen, Wohnen, Büro und Toilette.«

»Du hast verdammt nochmal einen Blick auf die See!«

»Beeindruckt?«, ruft er von oben und lehnt sich lässig mit den Unterarmen - und bereits nacktem Oberkörper – über die Reling.

»Von deinem Sixpack oder der Wohnung?«

Schmunzeln. »Beidem.«

»Absolut. Du musst ein Wahnsinnsgehalt haben, um dir das leisten zu können.«

»Das, ja. Und der Bürgermeister zu sein, bringt ein paar Vorteile mit sich. Was das Sixpack betrifft: Das kann man nicht mit Geld kaufen.« Er taucht wieder auf und knöpft sich sein Hemd zu. Dieser Mistkerl. Macht er das mit Absicht oder hat er keine Ahnung, dass sich jedes Mal bei diesem Anblick mein Unterleib zusammenzieht?

»Ohne dir zu nahe treten zu wollen«, sage ich, als er wieder verschwindet.

»Was?«

»Was für einen Sport treibst du?«

»Wie kommst du darauf, dass ich Sport treibe?« Ich höre in seiner Stimme, dass er sich über mich lustig macht.

»Ich bitte dich! Jemand, der so aussieht wie du, sitzt nicht nur hinterm Schreibtisch.«

»Wie sehe ich denn aus?« Wieder taucht er auf und seine Augen blitzen, als würde ihm der Verlauf des Gesprächs gefallen. Mit geübten Handgriffen bindet er sich die Krawatte.

»Trainiert«, sage ich knapp, um seinem Ego nicht noch mehr Auftrieb zu geben.

»Beach-Volleyball.«

»Du beached?«

Er nickt. »Dreimal die Woche. Ich bin mit meinem Partner auch auf Wettkämpfen unterwegs.

Letztes Jahr haben wir den dritten Platz am Timmendorfer Strand belegt.«

»Deinem ... Partner?« Oh Mann! Wie konnte ich das nicht sehen? Natürlich hat er keine Frau! Und auch keine Freundin! Er ist schwul! Shit! Dafür hat er mich gebraucht. Eine Fake-Freundin statt echtem Partner. Aber was soll das? Seit »Ich bin schwul und das ist auch gut so« kann man doch sehr gut schwul und Bürgermeister sein. Mh. Aber in Rerik? Eher nicht. Mist! Wie konnte ich das nicht sehen? Kein Wunder, dass ihn mein lasziver Blick kalt gelassen hat. Kein Wunder, dass er nicht so hinter mir her ist wie ich hinter ihm. Ich meine: Welcher Mann könnte schon einer Frau im hautengen Neoprenanzug widerstehen? Miiiiiiist! Wie konnte ich so blind sein?!

»Wenn du das so sagst«, sagt er und steigt die Treppe hinunter, »klingt das, als würden wir hier nicht von meinem Sportpartner sprechen, sondern von meinem Beziehungspartner.«

»Sport ... Achso! ... Ist er nicht ... Seid ihr nicht ...?«

»Was stammelst du so?« Er lacht. So richtig. Aus vollem Herzen. Und ich schmelze dahin. »Was hast du nur für ein Problem mit dem Wort Partner? Baupartner, Beachpartner? Kann es sein, dass du dich nach einer Beziehung sehnst?«

Seine Augen blitzen herausfordernd und ich ziehe eine beleidigte Schnute. »Ich *habe* eine Beziehung, falls du es vergessen hast. Eine Fake-Beziehung zwar, aber dennoch eine sehr zeitintensive Beziehung. Die füllt mein Leben aktuell genug aus.« Naja. Bis auf den sexuellen Part. Oh Himmel, ich sollte schnell das Thema wechseln, bevor meine Fantasie diesen Gedanken weiterspinnt.

»Wie stellst du es dir eigentlich nach Sonntag vor? Wenn die Wahl vorbei ist? Machen wir in aller Öffentlichkeit Schluss? Oder verschwinde ich einfach von der Bildfläche?«

Er verschränkt die Arme vor der Brust und starrt grübelnd ins Leere. »Darüber hab ich mir noch keine Gedanken gemacht. Wie wäre es dir denn am liebsten?«

An meinem Grinsen erkennt er, dass mir die Vorstellung meiner Idee so gut gefällt, dass sie mich glücklich macht – und das zaubert eines dieser seltenen Lächeln auf sein Gesicht. »In aller Öffentlichkeit. Zum Beispiel bei Ulla's Bäckerei. Stell dir vor: Wir trinken Kaffee, essen Kuchen und plötzlich gehe ich voll ab, werfe dir alles an den Kopf, was zwischen uns nicht passt.«

»Was passt denn zwischen uns nicht?«

»Na, dein Stock im Hintern, zum Beispiel. Oder dieses langweilige »Wir machen Urlaub in Rerik«-Gerede. Furchtbar! Und natürlich dein mangelnder Humor und dein Hang zum Fremdgehen.«

»Mein Hang zum Fremdgehen? Okay, von all den Dingen, die du aufgezählt hast, ist das der Punkt, der mich wirklich trifft.« Seine Stimme senkt sich bei dem nächsten Satz eine Oktave tiefer und sein Blick ist so intensiv, dass ich ihm jedes Wort glaube. »Ich würde dich niemals betrügen.«

Damit zieht er sein Sakko an und hält mir die Tür auf.

Auf dem Weg zum Hafenparkplatz ist er auffallend still. Keinen meiner Gesprächsfäden nimmt er auf, wie er es sonst immer tut, sondern bleibt einsilbig.

»Hey, bist du irgendwie sauer auf mich? Ich schwöre, ich hab deiner Rede diesmal keine peinlichen Inhalte beigefügt.«

Er lächelt, aber das Lächeln erreicht seine Augen nicht. »Unser Gespräch hängt mir noch nach. Über kommende Woche. Was wir tun, wenn die Wahl vorbei ist.«

Ich lege meine Hand auf seinen Unterarm. »Hey! Jetzt mach dir doch darüber keinen Kopf. Wir lassen uns etwas einfallen, damit dich die Presse nicht durch den Kakao zieht. Wenn du willst, hab *ich* dich betrogen. Die Story glaubt Stefan sowieso leichter als andersherum. Kopf hoch«, füge ich hinzu, weil meine Worte seine Stimmung nicht aufgehellt haben.

»Wir sind da«, sagt er und parkt ein.

Er steigt aus, öffnet mir wie immer die Tür und streckt mir seine Hand entgegen. »Ist es ... Ist es okay, wenn ich deine Hand halte? Ich meine ... Sonst sähe es so aus, als ...«

Ich nicke. »Es sähe merkwürdig aus, wenn der Bürgermeister nicht die Hand seiner zukünftigen First Lady halten würde.«

»Genau«, sagt er und lächelt erleichtert. Ich lege meine Hand in seine und genieße wie immer die Wärme und Sicherheit. Ohne ihn an meiner Seite wären all diese Veranstaltungen der Horror für mich. Ich bin eher Beachpartys gewohnt. Keine Theater-Premieren. Ich glaube, nur durch ihn, tappe ich nicht von einem Fettnäpfchen ins nächste.

Hand in Hand schlendern wir auf die Open-Air-Bühne zu. Es ist ganz ähnlich wie am Donnerstag beim Hafenfest. Die Leute kommen und scharen sich um den Bürgermeister. Mit einer Ausnahme: Philipp weicht nicht von meiner Seite. Wenn er nicht meine Hand hält, legt er sie mir um die Taille. Er lässt mich nur los, wenn ihm jemand die Hand gibt, nur um sie dann ganz schnell wieder um meine Hand oder meine Taille zu legen, so als hätte er Angst, ich würde verschwinden, wenn er mich nicht festhält.

Er stellt mich jedem vor, bezieht mich in die Gespräche mit ein, erzählt von meinen Plänen und das mit einem Stolz in der Stimme, der mir Sicherheit gibt, dass ihn das, was ich vorhabe, wirklich überzeugt hat.

»Und was haben Sie studiert?«, fragt mich eine hohe Frauenstimme, die mitten im Gespräch ganz plötzlich hinter uns aufgetaucht ist und meinen letzten Satz gehört haben muss. Sie trägt eine dieser altbackenen Fönfrisuren, einen viel zu grellen Lippenstift und eine geblümte Bluse, die ihrem Alter entspricht. Irgendwas zwischen »in den Sechzigern hab ich zu Elvis getanzt« und »meine Eltern sind im

Krieg aufgewachsen«. Als sich dann auch noch Philipps Griff um meine Taille versteift, läuten bei mir alle Alarmglocken. Wer auch immer diese Frau ist: Sie ist nicht unsere Freundin.

»Margarete«, sagt Philipp steif. Ach was? *Sie* ist Hillary? Verstehe.

Wohlerzogen wie ich bin, reiche ihr freundlich lächelnd die Hand. »Guten Abend. Ich bin Ida Kohnke.«

»Oh, ich weiß, wer Sie sind. Sie sind die Jüngste vom Sepp.« So wie sie seinen Namen sagt, weiß sie, dass er ein Trinker war. »Wie alt waren Sie, als Sie abgehauen sind? Fünfzehn? Vierzehn?«

»Ich war sechzehn.«

Abfällig hebt sie eine Augenbraue und mustert mich von oben bis unten. Das rote Kleid, das ich heute gewählt habe, schmiegt sich an meinen schlanken Körper wie eine zweite Haut. Mein Dekolleté lässt für ihre Begriffe wahrscheinlich zu tief blicken, aber mir ist schon seit einer Weile herzlich egal, was andere Leute denken. Also atme ich ein, als ihr Blick auf meine knapp bedeckten Brüste fällt und genieße, wie sie pikiert die Lippen spitzt.

»Und?«, hakt sie nach. »Was haben Sie nun studiert? Oder wollen Sie all das umsetzen, ohne einen Schimmer von Wirtschaftskenntnissen oder überhaupt irgendwelchen Kenntnissen? Da wäre dieses einzigartige Projekt ja von vornherein zum Scheitern verurteilt. Wie schade das wäre. Für Rerik.«

»Margarete, hör auf, meine Freundin anzugreifen.« Philipp klingt ungewöhnlich aggressiv und als ich ihn ansehe, ziehen sich kleine rote Flecken vom Hals bis zu seinen Wangen. Er ist richtig sauer. Meinetwegen.

»Angreifen?«, fragt Hillary. »Ich greife doch niemanden an. Ich unterhalte mich nur, nicht wahr?« Sie lächelt den Veranstalter an, der gerade noch im Gespräch mit uns war, und der nickt freundlich, aber reserviert.

»Zufällig *habe* ich studiert«, sage ich und alle Köpfe im Umkreis von fünf Metern drehen sich nach mir um. Oh. Mir war nicht klar, dass mich hier alle für ungebildet halten. Aber klar: Für sie bin ich die Schulabbrecherin, die auf der Straße gelebt hat. Keiner weiß, wie es mit mir weiterging, nachdem ich fort war. »Marketing und Veranstaltungswissenschaften. An einer Fernuniversität.«

Für einen Moment ist es still. Dann läutet es zum ersten Akt und Philipp führt mich zu unseren Plätzen in der ersten Reihe. »Ich wusste nicht, dass du studiert hast«, flüstert er in mein Ohr.

»Du weißt vieles über mich nicht.«

»Offensichtlich. Ich dachte, du hättest nie einen Abschluss gemacht. Ich dachte, du wärst lieber gereist, statt …«

»Tja, das Gegenteil ist der Fall. Ich hab mir den Arsch aufgerissen, dass ich an der Abendschule mein Abitur schaffe. Und später habe ich im Ausland studiert. Online. Schon klar, dass Steinzeit-Hillary das nicht für möglich hält, aber Bildung kann heute mehr als nur einen Weg gehen.«

»Du bist ... eine Wundertüte, Ida Kohnke.«

Wir setzen uns, er lässt meine Hand los und ich vermisse das warme, sichere Gefühl.

Der Leiter des Theaters begrüßt die Anwesenden und erwähnt Philipp namentlich, wünscht ihm und der Gegenkandidatin viel Erfolg bei der anstehenden Wahl. Philipp betritt die Bühne und hält seine Rede. Ein Mann vorne am Bühnenrand macht Fotos von ihm. Als Philipp unter Applaus die Bühne verlässt, hält der Fotograf weiter die Linse auf ihn. Da erkenne ich den Mann. Es ist Stefan Öxler. Mal wieder. Er schießt ein Foto nach dem anderen von Philipp, während der auf mich zukommt und sich neben mich setzt.

»Nimm meine Hand«, flüstere ich und halte sie ihm auf Höhe der Armlehne hin. Ohne zu zögern, greift er danach und lässt sie für den Rest des Abends nicht mehr los. Ich bin mir noch nicht mal sicher, ob Philipp bemerkt hat, dass wir fotografiert wurden.

Die Hamlet-Vorstellung vor imposanter Ostsee-Kulisse ist ein voller Erfolg. Standing Ovations. Beim Applaus habe ich vor Rührung Tränen in den Augen. Es berührt mich jedes Mal, wenn Menschen für ihre Mühen belohnt werden. Vielleicht, weil ich weiß, wie viel Arbeit darin steckt, seine Träume zu verwirklichen.

Nachdem sich der Vorhang schließt, erheben sich die Gäste und Stefan spricht uns an. »Ein Bild mit dem Regisseur und der Herausforderin, Herr Bürgermeister? Vor der Bühne?«

»Sicher. Sagen Sie, Stefan, wann erscheint eigentlich Ihr Artikel zum Hafenfest? Ich habe ihn heute nicht in der Zeitung entdeckt.«

»Ich bin an einem Feature dran: Die letzten Tage des Bürgermeisters. Also vor der Wahl, versteht sich.«

»Versteht sich.« Philipps Zähne mahlen aufeinander.

»Lass dich nicht verunsichern«, raune ich ihm zu, während Stefan die anderen Protagonisten für das Bild zusammentrommelt. »Dann ist er eben kein Fan von dir. Nicht jeder muss dich wählen.«

»Aber er arbeitet für die Zeitung. Was er schreibt, wird im Ort geglaubt.«

»Er ist Journalist. Er muss neutral sein. Meine Schwester Elin ist auch Journalistin. Einmal wollte sie einen Artikel über einen Tätowierer schreiben. Und damit die Zeitschrift, für die sie arbeitet, nicht angezeigt wird wegen Werbung und so, musste sie in ganz Hamburg rumrennen und drei andere Tätowierer interviewen. Sie sagt, sie habe heute noch Alpträume von den Studios. War gar nicht ihre Welt. Sie ist eher snobby.«

»Snobby?« Philipp schmunzelt.

»Du weißt schon. Menschen mit Tattoos findet sie kriminell.«

»Kriminell, aha. Und du? Bist du kriminell?«

»Ähm … äh …«

Hillary kommt mit einem Tablett voller gefüllter Weingläser auf uns zu. »Kein künstlich aufgestelltes Gruppenbild, bitte. Lasst uns so tun, als hätten wir uns nett unterhalten und stießen gerade an.«

»Und das soll nicht gestellt wirken?«, fragt Philipp, aber ergreift artig eines der Gläser.

»Na, besser als mit leeren Händen dastehen«, kontert Hillary.

Auch ich nehme mir ein Glas und lege meine andere Hand auf die von Philipp, die wie selbstverständlich auf meiner Taille ruht. Also ich finde, wir machen das ganz gut, die Fake-Date-Sache. Diesmal achte ich darauf, was Philipp mit dem Wein macht. Stefan knipst seine Bilder und dann – ohne einen einzigen Schluck zu nehmen – stellt er das volle Glas auf der Bühnenkante ab und spricht mit dem Regisseur über Theater und Veranstaltungstechnik.

Später, als Philipp und ich über die Promenade zum Parkplatz schlendern, ich halte mich wegen meiner gefährlich hohen Absätze an seinem Oberarm fest, sehe ich Stefan noch einmal. Er steht vor einem parkenden Auto am Straßenrand, eine Kippe in der einen Hand, die Kamera mit dem leuchtenden Display in der anderen. Offensichtlich schaut er die Bilder des Abends durch.

»Sag mal«, beginnt Philipp. »Morgen ist ja frei, also keine Termine.«

Vom Hafen her taucht plötzlich Hillary neben Stefan auf und verwickelt ihn in ein Gespräch. Er lässt sie auf sein Display schauen, wobei, nein: Sie nimmt die Kamera an sich und sieht die Bilder selbst durch. Seltsam. Irgendwie … übergriffig.

»Ich dachte aber, naja … Dass ich nicht wusste, dass du studiert hast, hat mich unsicher gemacht.«

»Unsicher? Wie meinst du das?« Stefan und Hillary scheinen über ein bestimmtes Bild auf der Kamera zu sprechen, jedenfalls zeigt sie immer wieder auf das Display.

»Mir ist aufgefallen, wie wenig ich über dich weiß. Ich mache mir Sorgen, dass wir in eine Situation geraten könnten, in der ich nicht weiß, was ich antworten soll. Oder schlimmer: Beim Lügen erwischt werde.«

»Okay.« Hillary geht zurück zum Hafen. Kein Handschlag mit Stefan, keine Hand zum Gruß erhoben, nichts. Trotzdem merkwürdig.

»Jedenfalls dachte ich, vielleicht – falls du nichts anderes vorhast – könnten wir zum Buk in Bastorf. Da hat ein neues Café aufgemacht. Wir könnten hinwandern und einen Kuchen essen, nen Kaffee trinken, sowas halt.«

Der Buk ist der Leuchtturm in Bastorf. Früher hat sich meine Schwester dort zum Knutschen mit ihrem Freund getroffen. Aber damals gab es dort noch kein Café und nicht so viele Leute. »Sag mal, lädst du mich gerade zu einem Date ein?«

Erst bläst er die Wangen auf, dann lächelt er verlegen. So süß!

»Ein Arbeits-Date, wenn man so will.«

»Ein Arbeits-Date, ah ja.« Mein Herz legt sich dann mal wieder auf die Couch und öffnet eine Packung Chips. »Und du möchtest mit mir nach Bastorf wandern? Ich dachte, du hasst wandern?«

»Auf die Berge, ja. Aber hier geht's eigentlich. Nicht so anstrengend. Du weißt ja, ich bin nicht so fit. Außerdem: Seit ich die zukünftige First Lady von Rerik beim Wandern kennengelernt habe, habe ich Gefallen daran gefunden.«

»Ach, hast du das?«

»Ja. Ich hab sie huckepack den Berg runtergetragen, weißt du?« Er spannt seine Oberarmmuskeln an und zeigt darauf.

»Toll gemacht, du heißer Beach-Volleyballer.« Oh Gott, hab ich das gerade laut gesagt? Habe ich den Bürgermeister von Rerik gerade heiß genannt?

»Heißer Beach-Volleyballer?«, fragt er prompt. Sein Grinsen ist herausfordernd und gleichzeitig ein wenig unsicher. Weiß er denn gar nicht, wie gut er aussieht? Gott im Himmel, dieser Typ könnte wahrscheinlich jede Frau hier haben. Stattdessen rennt er mit einem Fake-Date von Termin zu Termin.

»Also was ist?«, fragt er. »Hast du Lust?«

Ich schüttele den Kopf. »Ein *Arbeits-Date*. Das klingt so gar nicht verlockend.« Er beißt sich auf die

Unterlippe. Gott, diese Lippen. Heute durften – äh, mussten – wir uns gar nicht küssen. »Für ein normales Date zum Sonntag wäre ich eher zu haben.«

Auf seinem Gesicht taucht das bezauberndste Lächeln auf, dass ich je an einem Menschen gesehen habe. Als würde er gleich wieder in einer Siegerpose die Arme in die Luft reißen. »Also – dann ein normales Date. Ich freu mich drauf.«

»Ich mich auch.« Tatsächlich ist es fast beängstigend, wie sehr ich mich darauf freue.

Kapitel Sieben

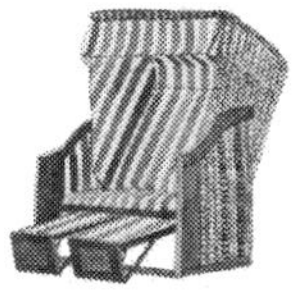

Die Farbe nennt sich »Hüterin der Wahrheit« und ähnelt dem mintgrünen T-Shirt, das ich trage. Sie verteilt sich wie Butter an der Wand.

Philipps Auto fährt vor und ich spicke auf die Uhr. Mist, schon so spät. Wir sind auf vierzehn Uhr verabredet und natürlich kommt er zehn Minuten zu früh. Ich lausche auf das Knirschen seiner Schritte über den Kies und das Klingeln an der Tür, aber nichts passiert. Das ist jetzt nicht sein ernst?

Kopfschüttelnd öffne ich die Tür und lehne mich an den Rahmen. Da sitzt er. In seinem Auto und traut sich nicht raus. Er tut sogar beschäftigt und tippt auf seinem Handy herum. Als er mich im Türrahmen entdeckt, legt er schüchtern winkend das Handy zur Seite und steigt aus.

»Sag mir, dass du noch eine Nachricht beantworten musstest und nicht, dass du die Zeit absitzt, bis es vierzehn Uhr ist.«

»Wirst du gerne angelogen?«

»Keine Frau wird gerne angelogen.« Das weiß ich aus eigener Erfahrung nur zu gut.

»Dann verweigere ich die Aussage.«

»Ist das dein Ernst? Du hockst in diesem Auto und sitzt die Zeit ab, statt bei mir zu klingeln?«

Er zuckt mit den Schultern. »Du hast gesagt, man kommt bei ersten Dates nicht zu früh, erst recht, wenn man die Frau noch nicht gut kennt.«

»Aber das ist ja nicht mehr unser erstes Date. Und ich hab dir das Leben gerettet. Woraufhin du in meinem Yoga-Kurs warst. Wenn einer zehn Minuten zu früh bei mir auftauchen darf, dann der Typ, dem ich das Leben gerettet habe und der als Dankeschön halbnackt den Herabschauenden Hund vor seinen Wählern in meinem Kurs gemacht hat.«

Darauf lächelt er wieder dieses charmante Lächeln, das mein Herz zerfließen lässt. »Wenn du das mit dem Herabschauenden Hund so sagst, klingt es mega peinlich, nicht mega sexy.«

»Hast du geglaubt, dabei sexy ausgesehen zu haben?«

Er zuckt mit den Schultern. »Lore fand's heiß.«

»Lore ist über sechzig und hatte bestimmt seit zehn Jahren keinen Sex mehr – die findet sogar Peda sexy, wenn er sich am Hintern kratzt.«

»Und Peda ist …?«

»Mein Nachbar.«

Er zeigt auf mein Outfit, das mintgrüne T-Shirt mit den kleinen Löchern auf Bauchnabelhöhe, die

Jeans, die an den Knien zerrissen sind (aber nicht, weil das irgendeine Fabrik in China so eingearbeitet hat, sondern weil ich beim Trekking in Peru gestürzt war) und meine nackten Füße. Und ich bin mir ziemlich sicher, dass auf all diesen eben aufgezählten Teilen Farbe klebt.

»Du siehst nicht so aus, als wärst du bereit für ein Date.«

»Findest du?«, frage ich entsetzt und sehe an mir herunter. Jepp. Eindeutig Farbflecken. »Ich wollte so gehen. Was stimmt nicht mit dem Outfit?«

Für einen Moment schaut er mich entsetzt an – er glaubt tatsächlich, dass ich vorhatte, so mit ihm zu unserem Date zu gehen. Mit dem Zeigefinger streife ich ihm über das Kinn. »Jetzt lass dich doch nicht immer veräppeln. Ich hab grad gestrichen und die Zeit darüber vergessen. Komm noch mit rein.«

Ich führe ihn in die Küche, wo der Farbeimer mit der Rolle über dem Sieb steht.

»Du streichst, obwohl hier bald die Wand eingerissen wird?«

»Ich brauchte Veränderung. Dringend.«

»Veränderung?«

»Naja«, ich zucke mit den Schultern. »Die Räucherstäbchen kommen erst am Mittwoch. Solange überlebe ich diesen alten Mief nicht.«

»Ahja. Okay. Du bist aber noch nicht fertig.«

»Nein, ich hab nur die Hälfte geschafft. Hab zu spät angefangen. Ich zieh mich fix um.«

»Aber du kannst das doch nicht so stehen lassen!«

»Klar kann ich. Wieso nicht?«

»Na …« Er hebt die Arme und zeigt auf die halbfertige Wand, als wäre das Erklärung genug. »Wir können das doch so nicht zurücklassen.«

»Was ist, Herr Bürgermeister? Kann bei Ihnen eine Arbeit nicht unverrichtet liegenbleiben?«

»Auf keinen Fall!« Er zieht sich das Shirt über den Kopf und legt es über eine Stuhllehne. Okay, somit steht der Bürgermeister von Rerik halbnackt in meiner Küche. Der sehr heiße und sehr durchtrainierte Bürgermeister von Rerik, möchte ich hinzufügen. Würden die Leute nicht bereits über uns tratschen – spätestens jetzt täten sie es. Zumal Peda in seiner Hängematte liegt und breit grinsend in meine Küche glotzt.

»Was tust du?«

»Zieh du dich um, ich mach das fertig.«

Ich lache, aber er scheint das ernst zu meinen, denn er nimmt die Rolle und tränkt sie in die Farbe.

»Oh Mann, wie machst du das denn? So geht das nicht! Oller Schreibtischheld!«

Und schwuppdiwupp stehen wir in der Küche und streichen gemeinsam die Wände. Die, die stehen bleiben sollen, genauso wie die, die irgendwann mal abgerissen wird. »Wie kommt man eigentlich darauf, an einem Sonntag spontan seine Küche zu streichen?«, fragt er irgendwann.

»So spontan war das nicht. Wie gesagt, hab ich im Ort keine Räucherstäbchen bekommen und bis Mittwoch wollte ich nicht warten. Da war ich am Donnerstag im Eisenwarengeschäft.«

»Vor oder nach unserer Begegnung?«

Er meint unseren ersten Kuss und mir wird ganz heiß. »Danach. Die Farbe heißt ‚Hüterin der Wahrheit'. Ich fand, das passt zu mir.«

»Stimmt. Warum wolltest du deine Küche ausräuchern?«

»Nicht nur die Küche. Das ganze Haus.«

»Aha.«

Er fragt nicht weiter und irgendwie ist das süß von ihm. Er drängt mich nicht zu einer Antwort, er wartet, ob ich ihm mehr erzählen will. Und ich spüre tief in meinem Herzen, dass ich das möchte. Am liebsten würde ich ihm alles erzählen, auch das mit Bali. Aber ich befürchte, die Sache mit Bali könnte alles zwischen uns zerstören. Und da Stefan keine weiteren Andeutungen gemacht hat und auch nichts darüber in der Zeitung stand, glaube ich, dass er es doch nicht weiß, sonst hätte er sicher längst etwas gesagt. Oder mich um jede Menge Kohle erpresst.

»Mein Vater hat meine Schwestern geliebt, weißt du? Sehr sogar.«

»Deine Schwestern. Und dich?«

Ich schüttele den Kopf. »Mich nicht. Unsere Mutter starb bei einem Reitunfall. Ich saß mit auf dem Pferd. Man nimmt an, dass ich während des

Ritts gezappelt habe oder zu laut war und das Pferd deshalb durchgegangen war. Deshalb hat er mich gehasst. Weil sie meinetwegen tot ist.«

Philipp hält in der Bewegung inne und sieht mich aufmerksam an. Ich streiche einfach weiter, tue so, als wäre es eine meiner leichtesten Übungen, jemandem von meiner Mutter und meiner Schuld zu erzählen. Die Wahrheit aber ist: Ich hab es noch nie jemandem erzählt. Noch nie.

Er legt seine Farbrolle ab und kommt zu mir. Ganz sanft legt er seine Hand auf meinen Arm und dreht mich zu sich um, so dass ich ihm in die Augen sehen muss.

»Du weißt, dass das Unsinn ist, ja?« Seine Stimme klingt ganz rau. Sein Blick ist furchtbar ernst.

Benommen nicke ich.

»Ich meine das ernst, Ida. Ich hoffe, du weißt, dass du nichts für den Tod deiner Mutter kannst. Das ... Dass dein Vater dich dafür verantwortlich gemacht hat, das war ... entschuldige die Wortwahl, aber das war dumm von ihm.«

»Ich weiß«, flüstere ich, aber ich spüre, wie mir Tränen in die Augen steigen. Ich will sie wegblinzeln, aber eine einzige entwischt mir und läuft langsam meine Wange hinab. Er verfolgt ihre Spur auf meiner Wange und wischt sie mit dem Zeigefinger weg. Sein Blick bleibt an meinem Mund hängen, wandert meine Wange entlang bis zu meinem Ohr. Wieder hebt er die Hand und nimmt eine meiner Strähnen zwischen seine Finger, zieht sie ganz langsam durch. »Da war ... da war Farbe in deinem Haar«, sagt er mit kratziger Stimme und räuspert sich. Dann löst er sich so plötzlich von mir, als hätte ich ihm einen Stromschlag versetzt.

Kapitel Acht

Nach der anstrengenden Malerei haben wir keine Lust mehr auf eine Wanderung. Wir entscheiden uns, bis zum Parkplatz des Leuchtturms zu fahren und die fünfhundert Meter bis dorthin »Wanderung« zu nennen. Zur Abwechslung nehmen wir dafür meinen Camper. Philipp ist so begeistert von Holly, dass er noch während der Fahrt nach Bastorf den Blick nicht vom hinteren Bereich trennen kann. »Du hast Pflanzen in deinem Camper!«

»Ja«, sage ich und lache, weil er so fasziniert von der Perfektion meiner kleinen Holly ist. »Und ne Küche mit Gewürzregal!«

»Ja doch!«

»Und ne Dusche! Und ein verdammtes Klo!«

»Aber Herr Bürgermeister, wer wird denn gleich fluchen?«

»Ich fasse es einfach nicht! Wie hast du das nur

gemacht? Und das hast du alles allein hinbekommen?«

»Nicht ganz allein. Ich hatte Hilfe.«

»Ach? Von wem? Gab es einen Ex?«

Ich runzele die Stirn. »Natürlich gab es einen Ex! Ich bin doch keine Nonne.«

»Wie hieß er?«

Ich zucke mit den Schultern. »Michi, Ben, Justin. Justin hab ich in Neu Delhi kennengelernt. Mit Ben war ich am längsten zusammen – wir waren fast zwei Jahre gemeinsam unterwegs. Und Michi, ach, weiß nicht. Der wollte aussteigen, aber dann hat er unterwegs eine Schweizerin kennengelernt und ist mit der nach Bern gezogen. Ich glaub, jetzt haben sie zwei Kinder. Und du?«

»Was und ich?«

»Jetzt tu doch nicht so. Was ist mit deiner Vergangenheit? Oder warst du vor deinem Bürgermeisteramt katholischer Pfarrer?«

Ich dachte, er würde lachen, aber das tut er nicht. Mit ernstem Blick starrt er aus dem Seitenfenster. Gerade als ich keine Antwort mehr erwarte, kommt doch noch eine. »Meine Ex und ich waren sechs Jahre zusammen.«

»Ziemlich jung zusammengekommen.«

»Jepp.«

»Was ist passiert?«

»Fand nen anderen interessanter.«

»Kann ich mir gar nicht vorstellen«, ich grinse und stupse ihn an. Sein ernstes Gesicht gefällt mir überhaupt nicht. Aber mehr als ein schmales Lächeln entlocke ich ihm damit nicht.

»Wir wollten heiraten, eine Familie gründen. Deshalb der Kombi. Aber dann hat sie mich betrogen. Mit meinem damaligen Partner.«

»Und wenn du von Partner sprichst, reden wir nicht von deinem Beziehungs- oder Baupartner, sondern von deinem Beachpartner?«

»Wow, Frau Kohnke, meinen Glückwunsch!« Endlich ein lockerer Tonfall.

»Die größte Peinlichkeit, die mir je passiert ist. Und das gleich zweimal.«

»Wobei das erste Mal schon besonders peinlich war. Du hast den Bürgermeister geküsst.«

Lachend rümpfe ich die Nase. »Verdammt, ja. Das war der Tiefpunkt meiner bisherigen Peinlichkeiten und mir passiert sowas echt öfter.«

»Dass du fremde Männer küsst?«

Ich schlage ihm sanft gegen die Schulter. »Unsinn! Dass ich schusselig bin. Ich hab deinem Kollegen gleich am Anfang unseres Gesprächs seinen Kaffee über den teuren Pulli geschüttet, weil ich gegen seinen Tisch gerammelt bin.«

»Du bist gegen seinen Tisch gerammelt? Na, das hätte ich gerne gesehen.«

»War das gerade ein anzüglicher Scherz, Herr Bürgermeister?« Ich betrachte ihn von der Seite und er schmunzelt. Richtig glücklich und befreit sieht er in diesem Moment aus. »Vielleicht.«

• • •

Auf dem Weg zum Leuchtturm zerzaust uns der Wind das Haar und ich kann mich nicht davon abhalten, ihm ständig verstohlene Blicke zuzuwerfen. Aber sein dunkles Haar ist einfach viel zu widerspenstig. Alle paar Minuten möchte ich es ihm aus der Stirn streichen und die Verlockung ist einfach zu groß.

Das Café am Leuchtturm Buk hat in diesem Frühjahr neu eröffnet und ich staune nicht schlecht, wer uns bedient.

»Timm! Oh mein Gott, Timm!« Ich stehe auf und schlinge meine Arme um ihn. Timm erwidert meine überschwängliche Geste nicht mit dem gleichen Enthusiasmus und etwas spät fällt mir ein, dass der Kontakt zu meiner Schwester damals sehr abrupt abgebrochen war. Aber soweit ich weiß, war *er* damals abgehauen, also wenn hier jemand jemandem reserviert um den Hals fallen sollte, dann ja wohl ich.

»Philipp, das ist Timm – er ist früher bei uns ständig ein- und ausgegangen.« Und er ist der Typ, den meine Schwester hier heimlich geknutscht hat.

Philipp reicht ihm die Hand und sieht ihn irgendwie gar nicht herzlich an. Kein Lächeln. Nur ein fester Händedruck.

»Arbeitest du hier?«, frage ich und Timm reicht uns die Menükarten.

»Mir gehört das Café.«

»Wolltest du nicht immer Arzt werden?«

Seine Kieferknochen mahlen aufeinander.

»Stimmt. Dann aber doch nicht mehr. Kam was dazwischen.«

Warum ist er nur so kurz angebunden? Und so abweisend? Ich hab ihm doch nichts getan. Und *er* hat Elin das Herz gebrochen und nicht andersherum.

»Kann ich euch schon was zu trinken bringen?«

»Zwei Pott Kaffee, bitte.«

»Mit Milch und Zucker?«

»Nur Milch«, antworten Philipp und ich gleichzeitig und ich schmunzele ihn an. Zum ersten Mal seit Timm an unseren Tisch gekommen ist, zieht sich sein Mund zu einem Lächeln.

Timm geht und Philipp reicht mir eine der Karten.

»Ein alter Freund?«

»Meiner Schwester. Sie wollten zusammen Medizin studieren. Aber der Idiot hat sie sitzenlassen. Es folgte wochenlanges Geheule. Bis der Herr Papa ein Machtwort gesprochen hat. Dann war Elin wieder auf Spur.«

»Auf Spur. Das klingt nicht, als wäre dein Vater sehr einfühlsam gewesen.«

Ich lache trocken. »Mein Vater war definitiv nicht einfühlsam. Niemals.«

»Erzähl mir von deinen Reisen.«

»Schau dir meine Videos an.«

»Das habe ich.«

»Ach? Was gibt's dann da noch für Fragen?«

»Erzähl mir von Bali.«

Ich verschlucke mich vor Schreck an meiner

eigenen Spucke. »Mh?«, bringe ich heraus. »Was genau willst du wissen?«

»Warum du zurückgekehrt bist. Du bist mit diesem Justin angereist und alles wirkte so ... so perfekt. Mir ist schon klar, dass es hinter der Kamera anders zugeht als davor, aber dennoch ... Ich hatte das Gefühl, du wärst gerne länger geblieben. Aber dann ... Kein Video mehr.«

Nein, kein Video mehr. Weil Bali alles verändert hat. Alles.

»Ich dachte, du würdest in deiner Scheune Videos drehen.«

»Ach. Wer will schon das immer gleiche sehen? Eine Yoga-Lehrerin in einer Scheune. Super. Damit reihe ich mich ein mit den Hüpfdohlen in ihren Wohnzimmern, Fluren und Gärten. Das ist einfach nur lächerlich.«

»Wie kannst du das sagen? Die Leute sehen sich doch deine Yoga-Videos nicht wegen des schönen Hintergrunds an. Du ... du hast so eine ganz spezielle Art, so eine ruhige Art, die einen berührt. Das ist was ganz besonderes.«

»Okay, zwei Fragen. Erstens: Hast du Yoga mit meinen Videos gemacht? Und zweitens: Hast du auch andere Yoga-Kanäle angesehen?«

»Zu erstens: ja. Zu zweitens: Nein.«

»Ein Nein zu viel. Dann kannst du leider nicht beurteilen, ob ich mich von anderen Yoga-Lehrern auf YouTube abhebe oder nicht.«

»Also, ich kann mir nicht vorstellen, dass die

Leute nur wegen eines hübschen Hintergrunds deine Videos angesehen haben.«

»Und ich kann mir nicht vorstellen, dass du eine Ahnung davon hast.«

Ups. Das war jetzt wohl eine Spur zu schroff. Zum Glück kommt Timm gerade mit dem Kaffee und nimmt unsere Bestellung auf. Wir wählen jeder ein Stück Kuchen und Philipp lehnt sich seufzend in seinem Stuhl zurück. »Alles, was ich sagen will, ist, dass du ein unglaubliches Talent dafür hast. Ich finde, du solltest der Scheune eine Chance geben. Sie ist nicht der schlechteste Hintergrund.«

Nein, das ist sie nicht. Aber die Wahrheit ist: Nach meinem plötzlichen Verschwinden aus der YouTube-Blase traue ich mich nicht, zurückzukehren. Die Leute würden Fragen stellen. Nach Justin. Nach Bali. Und ich bin noch nicht bereit, darüber zu reden.

»Kann ich dich etwas fragen?«

»Alles«, sagt er.

»Du hast erzählt, du und deine Tanzpartnerin habt nicht gut miteinander harmoniert. War deine Ex diese besagte Tanzpartnerin?«

Zögernd nickt er, als wolle er abschätzen, ob er mir von ihr erzählen wolle oder nicht. »Ja, das war sie. Wir waren in einer Klasse. Beim Tanzkurs zum Abschlussball hat's gefunkt. Es folgten erster Kuss, erstes Mal, erste gemeinsame Wohnung, Verlobung, du weißt schon.«

»Du warst so richtig verknallt.«

Er nickt. »Jepp. Ich war bereit, den Rest meines Lebens mit ihr zu verbringen. Stattdessen hat sie mich betrogen und hintergangen. Ich war auf meinem Junggesellenabschied, während sie mit ihren Freundinnen und meinem Kumpel unsere Wohnung ausgeräumt hat.«

»Autsch.«

»Die beiden sind dann erstmal nach Mauritius abgehauen. Für drei Monate. Und ich durfte die Hochzeit absagen.«

»Oh, scheiße, Philipp. Das tut mir furchtbar leid. Aber ehrlich gesagt, erklärt das auch einiges.«

»Ach ja? Was denn zum Beispiel?«

»Deine unnahbare Art. Du hast Angst davor, dass dir sowas nochmal passiert. Deine Flucht an die Ostsee. So weit weg wie möglich.«

»Ich hasse die Berge wirklich.«

»Als würdest du die See lieben.«

»Ich mag den Strand.«

»Beach-Volleyballer.«

»Genau.« Er grinst und Timm stellt uns die Kuchen hin. »Ich würde euch gleich abkassieren, wenn das okay ist – da hinten braut sich was zusammen.«

Ich folge seinem Daumen, mit dem er über seine Schulter zeigt. Tatsächlich: Über der Ostsee hängen schwere, dunkelgraue Wolken. Nicht mehr lang und hier pladdert's.

Eine viertel Stunde später rennen Philipp und ich im Platzregen zum Parkplatz zurück. Er versucht, mich mit seinem Sommerjackett vor den Tropfen zu schützen, aber am Ende sind wir beide nass bis auf die Knochen, als wir bei Holly angekommen. Die anderen Gäste fliehen in ihren Autos vor dem Regen und ich will gerade die Tür aufschließen, als mir Philipp, sein Jackett senkend, eine Hand auf meine legt.

»Ida, warte. Ich ... Ich muss dich was fragen.«

»Jetzt?«, rufe ich gegen den prasselnden Regen.

»Ja, jetzt. Es ist ... es ist wichtig.«

»Mach schnell, ich bin klatschnass. Und du auch! Du kannst nicht eine Woche vor der Wahl krank werden.«

»Du und dieser Typ aus deinen Videos, dieser Justin. Ist das vorbei?«

»Justin? Wie kommst du jetzt auf Justin?«

»Ihr habt so ... ihr habt so glücklich ausgesehen. Und da dachte ich ... Ich dachte, ihr wärd vielleicht ... ich weiß nicht. Vielleicht macht ihr eine Pause oder ward nie getrennt. Vielleicht steht er morgen vor deiner Tür und plötzlich ist ... ist alles anders.«

Wie kommt er nur auf solche Gedanken? »Das mit Justin ist vorbei, Philipp. Der kommt nicht. Weder morgen, noch übermorgen, noch irgendwann. Und das ist auch gut so.«

»Warum? Warum ist das gut? Was ist passiert? Ihr ... ihr ward das perfekte Paar.«

Ich lache bitter. »Vor der Kamera, ja. Aber dieser Scheißkerl hat mich genauso betrogen wie dich dieses miese Miststück. Schlimmer sogar. Glaub mir: Mit dem bin ich durch. Okay?«

Er nickt. Mit jeder Faser meines Körpers spüre ich, wie wichtig ihm die Antwort auf seine Frage war.

»Okay«, sagt er.

Das Regenwasser läuft ihm über das Gesicht, sein T-Shirt ist ganz nass und klebt an seinem Oberkörper und mir wird bewusst, dass ich unter meiner Regenjacke eine weiße Bluse trage, die, sollte meine Regenjacke wirklich so nass sein, wie sie sich anfühlt, darunter so ziemlich alles zeigen dürfte – meine Schlüsselbeine, meinen BH, meinen Bauchnabel ...

Warum war ihm so wichtig, zu wissen, was aus Justin und mir geworden ist? Hat er einen Tipp bekommen? Gott, *weiß* er es vielleicht sogar? Ist das sein Versuch, mir die Tür zu öffnen, ihm alles zu sagen?

Aber ich kann nicht. Ich kann einfach nicht darüber reden, was in Bali passiert ist.

Oder musste er es wissen, weil er, genauso wie ich, gegen Regel vier verstoßen hat? Hat Philipp Gefühle für mich? Ist es das? Oder liege ich mal wieder falsch? Wie so oft, seid dieser Typ in mein Leben getreten ist. Ich befürchte, wenn ich jetzt nicht die Führung übernehme, werde ich es nie erfahren.

Also nehme ich all meinen Mut zusammen, wie am Donnerstag im Rathaus, und lege meine Hand auf seine kühle Wange. »Justin interessiert mich nicht mehr. Aber du. Du interessierst mich.« Diesmal schreie ich nicht gegen den Regen an und trotzdem hat er es verstanden.

»Ich denke, du hältst mich für einen Langweiler?«

Ich betrachte seinen Mund, seine verführerischen Lippen, die sich leicht öffnen. Der warme Sommerregen trägt den herben Duft seines Aftershaves zu mir herüber. »Das war gelogen.«

Und dann küsse ich ihn. Einfach so.

Aber diesmal nicht, weil ich einen Baupartner brauche. Nicht, weil irgendein Fotograf seine Kamera auf uns hält. Ich tue es, weil ich noch nie etwas so sehr wollte, wie ihn küssen. Ich ziehe ihn fester an mich, streiche mit meiner Zunge sanft über seine süßen Lippen und er gewährt mir Einlass, begrüßt meine Zunge mit seiner.

Erst langsam, dann immer fordernder erforsche ich mit meiner Zungenspitze seinen Mund, knabbere sanft an seiner Unterlippe, solange, bis ihm ein leises Stöhnen entfährt. Wieder dieses Stöhnen. Gefällt es ihm nicht? Mist! Bin ich zu weit gegangen?

Aber seine Hände packen mich fest an meiner Taille und schwer atmend löst er sich von mir. »Lass uns zu dir fahren, wo wir ein Dach über dem Kopf haben«, knurrt er.

»Wir haben Holly«, sage ich atemlos, »wir *haben* ein Dach über dem Kopf.«

Darauf grinst er. Ich schließe die Tür auf und wir steigen – pitschnass wie wir sind – ein. Sobald er die Tür hinter sich geschlossen hat, ziehe ich ihn über den Fahrersitz umständlich nach hinten, küsse ihn, wilder, fordernder, streiche mit meinen Händen über seinen Rücken, fahre unter sein T-Shirt und spüre seine heiße Haut darunter. Er greift nach dem Saum seines Shirts und zieht es sich über den Kopf.

Mmh, dieser Anblick. Und mmmh, diese Augen, die mich noch dunkler ansehen als je zuvor. Ich will ihn, ich will ihn auf der Stelle. Scheiß auf Regel Nummer eins. Scheiß auf Regel Nummer zwei. Wir sind erwachsen. So wie wir Regeln aufstellen können, können wir sie auch brechen.

Langsam, ganz langsam, öffne ich den Reißverschluss meiner Jacke und werfe sie in die Ecke. Meine weiße Bluse klebt an mir und sein Blick liegt gierig auf meinen Brüsten. Knopf für Knopf öffne ich das lästige Stück Stoff und will es von meinen Schultern gleiten lassen, aber das verdammte Ding klebt an meiner Haut. »Du musst mir helfen«, jammere ich und er lacht rau.

»Kein Problem, Babe.«

»Hey, das verstößt gegen Regel drei!«

»Verstößt das hier nicht gegen so ziemlich jede unserer Regeln?«

Ich rümpfe die Nase. »Scheiß auf die Regeln, Boss.«

Er lacht, aber schon in der nächsten Sekunde wird sein Blick wieder gierig. Im Zeitlupentempo zieht er meine Bluse von meinen Schultern, geht um mich herum, um dann jeden Zentimeter meiner nackten Wirbelsäule zu küssen. Klatschend fällt die nasse Bluse zu Boden. Als er am Verschluss meines BHs angelangt und ihn mit seinen Zähnen – seinen

Zähnen! – öffnet, entfährt mir ein tiefer Seufzer. Sein Atem fühlt sich heiß an auf meiner kühlen Haut und ich habe das Gefühl, innerlich zu verbrennen.

Der Verschluss ist offen, mein BH fällt vor mir zu Boden und seine großen, warmen Hände umfassen meine Brüste, massieren sie, necken meine Knospen und ich gebe mich mit jeder Faser meines Seins seinen Berührungen hin. Er knabbert an meinem Ohr und ein Schauder überzieht meinen Nacken. »Willst du mehr?«, haucht er in mein Ohr.

»Ja«, wimmere ich, worauf er leise lacht.

Er öffnet den Knopf meiner triefnassen Jeans und ein brennendes Verlangen macht sich in meinem Unterleib breit. Mit der einen Hand massiert er meine Brust, mit der anderen gleitet er in meine Hose, fährt mit dem Daumen den Saum meines Slips entlang und ich seufze wohlig.

»Gibt es hier ein Bett?«

»Philipp«, flüstere ich fassungslos. »Das hier ist Holly. Hier gibt es nichts, dass es nicht gibt.«

Ich nehme seine Hand von meiner Brust, schlüpfe umständlich aus der Jeans und stehe nur noch in meinem Slip vor ihm. Genüsslich lässt er seinen Blick über meinen Körper schweifen, saugt jedes Detail daran auf, jede Rundung, jeden Fleck, jede Falte.

»Komm«, sage ich und ziehe ihn mit mir zu der schmalen Leiter, die in die Schlafkoje führt. Vor ihm klettere ich hinauf und als ich plötzlich seine Hände auf meinem Po spüre, schreie ich lustvoll auf. Halb liege ich auf dem Bett, halb stehe ich auf der Leiter und seine Hände massieren meine Pobacken, so dass meine Mitte pulsierend nach mehr verlangt. Von ganz allein krallen sich meine Finger in das Bettzeug und ich unterdrücke einen lauten Lustschrei, als sich seine Finger unter meinen Slip schieben. Viel zu langsam fährt er über meine Spalte, untersucht meine Schamlippen, erforscht meinen Kitzler und ich stöhne auf bei jeder seiner Berührungen. Zielgerichtet führt er einen Finger in mich und bewegt seine Hand so sanft in mir, dass sich eine Welle der Lust in meinem Unterbauch bildet, die größer und größer wird. Ich. Will. Mehr.

Doch er zieht seinen Finger aus mir heraus, bevor ich komme. »Hoch mit dir«, sagt er und gibt mir einen leichten Klaps auf den Po. Wie benommen vor Lust lege ich mich auf das Bett, das zwar breit ist, aber nicht viel Raum bis zur Decke lässt. Philipp folgt mir und keine Ahnung, wann er sich ausgezogen hat, aber er trägt nur noch seine Boxershorts – enge, schwarze Boxershorts – und als er sich ganz eng neben mich legt, spüre ich seinen harten Schwanz an meinem Oberschenkel. Seine riesige Hand knetet wieder meine Brust und er küsst mich sanft, saugt an meiner Unterlippe, streichelt mit seiner Spitze über meine Zunge, bis meine Lippen brennen.

»Ich will dich schmecken, Ida. Ich will wissen, wie du schmeckst.« Ein Stöhnen entfährt mir bei der bloßen Vorstellung, was diese Zunge wohl mit meinem Kitzler machen wird, wenn sie *das* schon mit meiner Unterlippe macht. »Darf ich dich lecken, Ida?«

»Ja. Ja, ja!« Was gibt es auch mehr zu sagen?

Er küsst sich von meinen Lippen, über mein Kinn und mein Brustbein zu meinen Brüsten. Dort verharrt er, um sanft an meinen Warzen zu knabbern und zu saugen. Ich presse die Augen zusammen und kralle mich in das Kissen unter meinem Kopf. Sein steifes Glied streift an meinem Oberschenkel entlang und ich will einfach nur noch, dass er mir nahe ist, will ihn berühren, will ihn in mir haben. Aber noch lässt er es nicht zu, noch hat er nicht genug von mir.

Seine Lippen wandern weiter über meinen Bauch, küssen die sensible Stelle an meiner Hüfte, so dass ich zusammenzucke, nur um dann meinen Slip Zentimeter für Zentimeter abzustreifen. Gar nicht so einfach, wenn es zwischen Bett und Decke nur fünfzig Zentimeter Platz gibt – das dürfte eng werden, wenn er nachher auf mir liegt. Gott, ich hoffe, dass er nachher auf mir liegt!

Mein Slip ist noch nicht mal bei meinen Oberschenkeln angelangt, als ich seinen Finger wieder an meinen Schamlippen spüre. Ungeduldig stöhne ich auf und schiebe mir den Slip selbst bis hinunter an die Knöchel, so dass ich endlich meine Beine für ihn öffnen kann. Philipps Kopf senkt sich über meiner Mitte. »Verdammt, du bist ja wirklich kriminell«, stellt er fest als er das kleine Tattoo entdeckt, und ich lache, bis mich seine Zunge neckt. Langsam, viel zu langsam, streicht er damit über meine Schamlippen.

Stöhnend verlange ich nach mehr, aber er scheint noch lange nicht zufrieden mit meiner Lust. Er will mehr von mir. Er will alles.

»Stöhn für mich, Babe«, raunt er, nur um seine Zungenspitze neckend gegen meinen Kitzler zu schlagen. Die Aufforderung war vollkommen überflüssig, denn – *oh Mann* – er weiß, was er tut. Ich strecke den Rücken durch, schiebe ihm meine Hüfte entgegen und als ich spüre, wie sich in mir alles zusammenzieht, lege ich meine Hand auf seinen Hinterkopf und presse ihn fester an mich.

Ich komme in heißen Wellen, schreie spitz auf und zucke, als er meine Klitoris auch nach meinem Orgasmus mit seiner Zunge streichelt.

»Komm her«, flüstere ich, als die Wellen meinen Körper verlassen und ich wieder klar denken kann. Mit heißem Blick beugt er sich über mich, liegt auf mir, küsst meine Schulter. Ich streiche mit meinen Fingernägeln über seinen Rücken und spüre das Spiel seiner Muskeln.

Dann drücke ich ihn sanft zur Seite und er versteht, lässt sich auf den Rücken fallen und betrachtet mich neugierig, abwartend.

»Ich bin dran«, sage ich.

»Womit?«

»Ich will auch wissen, wie *du* schmeckst.«

Ich sehe förmlich, wie ein Feuer in seinen Augen entfacht. Er ist so scharf auf mich, es würde mich nicht wundern, wenn das hier nur ein kurzes Intermezzo wäre – für heute. Denn wenn es nach mir ginge, könnte ich mich an das hier gewöhnen.

Ich lege meine Lippen auf seine und wieder küssen wir uns. Aber das ist alles nur Tarnung. Denn nebenbei lasse ich meine Hand über seine Schultern, seinen Oberarm und Unterarm wandern, fahre sanft kratzend die Strecke zurück hinauf und spüre seine Gänsehaut unter meinen Fingern. Als nächstes nehme ich mir seinen Oberkörper vor. Viel zu lange schon will ich wissen, wie sich diese Muskeln anfühlen, die starken Brüste, das unverschämt heiße Sixpack. Ich zutsche an seinen Nippeln und ihm entfährt ein Stöhnen, das macht, dass sich die Feuchte in mir sammelt. Verdammt ist er heiß, wenn er stöhnt!

Ich lasse meine Hand am Saum seiner Boxershorts entlanglaufen und spüre seine Erregung. Ich will ihn. Ich will ihn ganz und gar. Ungeduldig ziehe ich ihm die Boxershorts aus und umfasse seinen Schaft mit meiner Hand. Er zieht zischend die Luft ein und seine Bauchmuskeln hüpfen. Als ich mit meiner Zunge über seine Eichel gleite, stöhnt er so tief auf, dass sich alles in mir zusammenzieht. Langsam, quälend langsam, nehme ich seinen Penis in meinen Mund, lasse ihn in mich gleiten, lasse ihn viel zu bald wieder frei, nur um ihn beim nächsten Mal ein Stück tiefer aufzunehmen. Philipp stöhnt und zuckt und als ich sanft an seinem Penis sauge, windet er sich genüsslich unter mir.

»Stopp«, stöhnt er kurz darauf auf. »Ich … Wenn du … Also wenn es …«

»Halt die Klappe und schlaf mit mir.«

Ich lege mich auf den Rücken und er schiebt seinen Körper auf mich. Sein Gewicht, seine Wärme, sein harter Schwanz zwischen meinen Schenkeln – all das treibt mich beinahe in den Wahnsinn.

Langsam, ganz langsam führt er seinen Penis in mich ein und ich stöhne auf als er ihn zum ersten Mal in mich stößt. Er trifft genau die richtige Stelle und ich spüre, dass ich das hier nicht allzu lange mitmachen kann, ohne den nächsten Orgasmus zu erleben. Viel zu langsam, aber dafür umso intensiver stößt er in mich hinein, bis die Hitze in mir droht, zu explodieren.

»Schneller!«, verlange ich. »Bitte, schneller!«

Und verdammt, ja, er wird schneller. Als er seinen Schwanz zum zweiten Mal hart und schnell in mir versenkt, komme ich mit einem spitzen Aufschrei. Danach erfüllen nur noch sein Stöhnen und mein Atem den Camper. Schließlich ergießt er sich zuckend in mir und sinkt vollkommen erschöpft auf mich herab, wo ich meine Finger in seinen Haaren vergrabe und seinem schweren Atem lausche.

Kapitel Neun

»Wann wolltest du mich das erste Mal?«

»Im Rathaus. Als du mich vor Karl vernascht hast.«

»Red keinen Unsinn!« Mein Kopf ruht auf seiner nackten Brust und ich lausche dem Prasseln des Regens auf Hollys Dach und frage mich die ganze Zeit, wann das mit uns passiert ist. Gehen wir einer Beziehung entgegen oder bleibt das hier nur eine einmalige Sache?

»Sag schon.«

»Als du im Bikini vor mir standst. Beim Brunch der Surfschule.«

Okay, ja, das ist glaubwürdiger. »Und als ich im Neoprenanzug vor dir stand, gib's zu.«

Er lacht leise uns seine Brust hebt und senkt sich. »Nein, da warst du absolut unattraktiv.«

»Lügner!«

Er streicht mein Haar glatt und küsst es. »Du

bist immer umwerfend.« Er flüstert es so leise, dass ich es beinahe nicht verstehe. Warum nur hält er mit seinen Gedanken hinterm Berg? Ich will doch nur wissen, ob das hier Liebe ist oder sexuelle Anziehungskraft. Denn für mich ... tja, für mich sind da Gefühle im Spiel. Aber wenn es für ihn anders ist, wird es allerhöchste Zeit für mich, die Mauern um mein Herz aufzubauen und mich in Sicherheit zu bringen. Oder ist es dafür längst zu spät?

»Du, Philipp?«

»Mhm?«

»Wie geht es weiter, nach Sonntag?«

Lange bleibt er stumm. Dann murmelt er: »Tja. Ich denke, dann wirst du eine Menge zu tun haben, denn du wirst Schmalzer und Schmalzer anrufen müssen und ich, ich werde auch viel zu tun haben. Entweder mit Bewerbungen schreiben oder mit Unterlagen für die Amtsleitersitzung.«

Uff. Okay. Nach Sonntag nächste Woche gibt es also kein Wir mehr. Nach Sonntag gibt es nur noch ein Er und Ich. Mein Herz zieht sich schmerzhaft zusammen und ich glaube, wenn ich es jetzt zuließe, würden Tränen aus meinen Augen kullern. Aber ich bin keines von diesen Mädchen, die heulen, um zu bekommen, was sie wollen. Ich bin eines von denen, die so tun, als hätten sie nie gewollt, was sie nicht haben können. Also beschließe ich, Philipp Jansen nicht zu wollen. Sex, ja. Gefühle, nein. Wir brechen Regel eins, aber halten Regel drei.

Ich schiebe mich vom Bett und klettere die Stufen hinunter. »Wo gehst du hin?«

»Ich fahr uns zurück. Wild campen ist in Deutschland verboten.« Andererseits tut seine Nähe mir einfach verdammt gut. »Willst du über Nacht bleiben?«

In der Küche hängt der Duft von frisch gekochtem Kaffee. Philipp steht mit nichts als seinen Boxershorts und meinen Strickstrümpfen bekleidet in meiner Küche und kippt Milch in zwei Tassen.

»Was für ein Anblick«, schmunzele ich.

Philipp sieht an sich hinunter. »Du redest vom Spiel meiner Muskeln in der Morgensonne?«

»Davon, absolut. Und davon, wie unglaublich klein deine Füße sein müssen, dass sie in meine Socken passen.«

»Hey«, schimpft er und schlägt mit dem Geschirrtuch nach meinem Po. Im Gegensatz zu ihm trage ich zu Schlüpfer und Socken wenigstens noch ein (genauer genommen *sein*) T-Shirt und meine Strickjacke. »Diese Füße haben dich gestern durch den Matsch getragen.«

Ich lehne mich an die Küchenzeile und er kommt mir ganz nah, die Hände links und rechts von mir auf die Arbeitsfläche gestemmt, hält er mich in seinem Gefängnis. »Von der Auffahrt bis zur Tür«, sage ich.

»Aber das hättest du wirklich nicht tun müssen, ich hätte meine Sandalen auch geputzt.«

Er rümpft die Nase und ich muss lachen, weil der Anblick einfach göttlich ist. »Das wollte ich dir und deinen Schuhen nicht antun. Sag mal, bekommst du zufällig die Zeitung?«

»Zufällig nicht, aber ganz zufällig mein Nachbar. Wann musst du ins Büro?«

»Zwischen acht und neun und ich muss dringend die Zeitung gelesen haben, um Bescheid zu wissen. Montags ist Amtsleitertreffen und Stefan Öxler hat für heute das Feature über mich angekündigt, weißt du noch? Aber wenn du die Zeitung nicht bekommst, hau ich früher ab und kauf mir unterwegs eine.«

»Nicht nötig. Warte hier und lass meinen Kaffee nicht kalt werden.«

»Du klaust jetzt nicht wirklich die Zeitung bei deinem Nachbarn?«

»Verrat mich nicht.« Ich zwinkere und schlüpfe in meine hübschen gelben Gummistiefel. In Stiefeln, Schlüpfer, T-Shirt und Strickjacke bekleidet wate ich über die matschige Auffahrt und halte mich am Tor rechts. »Moin, Peda. Wie wird das Wetter heute?« Peda heißt eigentlich Peter, aber meine Schwestern und ich nennen ihn Peda, seit wir denken können.

»Moin, Ida. Klaust du schon wieder meine Zeidung?«

»Ich bring sie dir zum Mittagessen zurück.«

»Allet klar. Dann bis speder«, sagt er. »Bring Kuchen mit.«

»Geht klar, Peda.«

Ich ziehe das eingerollte Reriker Blatt aus dem Briefkasten und wate zurück zum Haus.

Als ich hereinkomme, sitzt Philipp am Esstisch und nippt an seinem Kaffee. »Das ist Diebstahl«, wirft er mir vor, als ich die Zeitung vor ihn auf den Tisch lege.

»Nicht, wenn der alte Peda dafür einen Kuchen *und* seine Zeitung bekommt. Streng genommen ist das Abzocke. Kuchen als Leihgebühr.« Ich hole mir Cornflakes aus dem Schrank und höre es hinter mir rascheln. Dann ...

»Scheiße.«

Philipps Stimme ist so schockiert, dass ich sofort weiß, dass etwas nicht stimmt.

»Was ist los? Gab's Sturmschäden?«

»Sozusagen«, sagt er und blättert hektisch durch die Zeitung bis er gefunden hat, was er sucht. Mit weit aufgerissenen Augen scannt er die Seite und wird immer blasser.

»Was ist denn?«

»Scheiße!«, wiederholt er jetzt lauter, springt vom Stuhl auf und rauft sich die Haare.

»Mann, was ist denn los? Du machst mich ganz wahnsinnig!« In wenigen Schritten bin ich bei ihm und werfe einen Blick auf den Artikel, der Philipp so aus der Fassung bringt. Es ist eine bunt illustrierte Seite. Viele Bilder und die meisten davon zeigen

Philipp – und mich. Aber nicht so, wie ich mir das vorgestellt hatte.

Ein Artikel titelt mit der Überschrift: *Trink-Bürgermeister beim Party-Wochenende.* Dazu sind nebeneinander drei Bilder abgedruckt: Philipp beim Hafenfest mit einem Glas Sekt, Philipp vor der Surfschule, wie er an meinem Becher mit *Orangensaft* nippt und Philipp bei der Theater-Premiere mit einem Glas Wein in der Hand. Die Personen, die links und rechts von ihm stehen sind beinahe alle aus dem Bild geschnitten. Außer ich. Und unter allen dreien wird mein Name erwähnt: *»Der Bürgermeister mit seiner neuen, zweifelhaften Begleitung, Ida Kohnke«.*

Außerdem sind da die Bilder von seinem Sturz in die Ostsee. Extra nah herangezoomt, so dass man seinen verängstigten Gesichtsausdruck sehen kann. Es sieht übel aus. Wirklich übel. *»Der Badeort-Bürgermeister, der nicht schwimmen kann«* lautet die Überschrift. Und dann gibt es in der linken Spalte noch einen kleinen Artikel, der mit einem Bild von mir illustriert ist – einem sehr, sehr alten Bild von mir. Fassungslos starre ich es an: Das bin ich beim Reriker Jugendfeuerwehrfest. Damals war ich fünfzehn oder so und hatte mehr Schminke im Gesicht als Klamotten am Leib. Ich wusste gar nicht, dass ein solches Foto von mir überhaupt existiert. »Dürfen die das? Dürfen die sowas abdrucken? Ich bin da noch minderjährig!«

Philipp zieht mir die Zeitung unter der Hand

weg und sieht sich den Artikel mit der Überschrift *»Zweifelhafte Bekanntschaft – wer ist die Neue an seiner Seite?«* näher an. »Da steht, auf dem Bild wärst du achtzehn. Ich dachte, du bist weg aus Rerik, als du sechzehn warst?« Seine Stimme klingt gefährlich tief, so als würde er dem, was in der Zeitung steht, mehr glauben, als dem, was ich ihm sage.

»Philipp, hörst du mir überhaupt zu? Auf dem Bild bin ich fünfzehn!«

Aber er reagiert gar nicht, stattdessen jagen seine Pupillen lesend über die Zeilen. Je tiefer er in dem Text vordringt, desto schockierter, nein, wütender ziehen sich seine Augenbrauen zusammen. Plötzlich zerknüllt er die Zeitung in seinen Händen und schleudert sie quer durch die Küche. Na toll, jetzt muss ich Peda eine neue kaufen. »Verdammte scheiße! Dieser Vollidiot von Journalist! Und diese scheiß Idee von Fake-Beziehung! Shit! Kacke, Mann!« Er ist vollkommen außer sich.

»Was ist? Was steht da? Philipp, was steht da über uns?«

»Da steht, du wärst vorbestraft. Da steht, du wärst in Bali wegen Drogenbesitzes im Gefängnis gesessen und nur gegen einen Gefangenenaustausch freigekommen. Was für ein Bullshit!« Er brüllt das letzte Wort, dass sich meine Eingeweide zusammenziehen. »Da steht, für Geld hättest du dich früher schon prostituiert und jetzt offensichtlich wieder. Was für ein Unsinn! Ich werde sofort in der Redaktion anrufen! Die sollen das richtigstellen! Die sollen ihre Quellen offenlegen! Ich lasse nicht zu, dass sie so einen Dreck über dich schreiben. Sollen die über *mich* schreiben, was sie wollen, aber über *dich* ... das geht zu weit!«

Er packt sein Jackett, das seit gestern Abend über der Stuhllehne trocknet, und will zur Tür hinaus.

»Philipp, warte.«

Vielleicht ist es der Ton meiner Stimme, der ihn innehalten lässt. Ich klinge verängstigt, panisch. Aber ich muss es ihm sagen. Lieber erfährt er es von mir als von Stefan Öxler.

»Erstens: Du trägst nur Boxershorts und Socken – so kannst du unmöglich das Haus verlassen. Zweitens: Nicht alles, was da steht ist Unsinn.«

»Was meinst du damit?«

Ich schließe die Augen. »Kurz bevor ich abgehauen bin, hab ich was Dummes gemacht. Es war ... es war blöd. Aber ich hatte danach fünfzig Euro mehr in der Tasche und konnte mir das Zugticket nach Hamburg leisten. Gut möglich, dass sich Stefan auf die Story bezieht.«

Geräuschvoll lässt er die Luft entweichen. »Hörensagen. Oder gibt es dafür Beweise?«

»Nicht, dass ich wüsste.«

»Na also. Dann bleibt noch die Sache, dass ich dir Geld geben würde, dass du meine Freundin bist und das Märchen mit den Drogen in Bali ...«

»Was Bali betrifft ...« Mit klopfendem Herzen zwirbele ich den Zipfel meiner Strickjacke um den Finger. »Du ... du hast nach Justin gefragt und ich hab dir erzählt, dass er mich betrogen hat und dass er nie wieder bei mir auftauchen wird, weißt du noch?« Statt seiner nicke ich und die Angst droht, meine Stimme zu ersticken. »Was da steht ist wahr.«

Eine ganze Weile starrt er mich an, rote Flecken an seinem Hals und seiner Wange. »Wie bitte?«

»Ich ... ich war in Bali im Gefängnis.« Meine Stimme bricht und ich spüre, wie sich Schluchzer ihren Weg hinaufbahnen, wie die Angst von damals in meinen Körper kriecht, die Panik, dass ich nie wieder freikomme, dass ich für immer in diesem dreckigen Loch mit diesen anderen Frauen, die viel schlimmeres getan haben als ich, hocken würde. Ich lege mir meine Hände an den Mund, um nicht laut zu schluchzen, denn eines habe ich dort gelernt: Man weint besser leise, denn wer weint ist schwach und wer schwach ist, wird zum Opfer.

»Kannst du mir etwas mehr als das sagen? Ich meine ...« Die Wut in seiner Stimme zerreißt mich beinahe. »Du warst im Gefängnis in Bali und erzählst mir nichts davon? Selbst gestern nicht, als ich dich danach gefragt habe?«

»Was hätte ich dir denn sagen sollen?«

»Die Wahrheit!«, brüllt er.

»Ich dachte, die Wahrheit wäre das letzte, was du von mir hören wolltest. Du brauchtest eine perfekte Frau an deiner Seite. Keine, die mit sechzehn mal nem Typen für fünfzig Euro einen geblasen hat und in Bali am Zoll mit den Drogen ihres Freundes in der Tasche hochgenommen wurde.«

»*Seine* Drogen? Bist du sicher?«

»Was soll das heißen – bin ich mir sicher? Glaubst du, ich hätte mir die Birne weggekokst? Mache ich so einen Eindruck auf dich?«

Er reibt sich über das Gesicht, schüttelt den Kopf und atmet schwer. »Ich weiß plötzlich gar nichts mehr, Ida. Ich weiß nicht mehr, wer du bist. Eben warst du noch die mutige junge Frau, die ein Bewegungszentrum für alte und junge Menschen eröffnen will, plötzlich bist du eine Drogendealerin, die in Bali im Gefängnis saß.«

»Ich habe doch keine Drogen gedealt! Er ... Justin hat sie mir in die Tasche gesteckt. Weil er wusste, was mit Leuten passiert, die in Bali mit Drogen erwischt werden. *Ich* wurde verhaftet und weißt du, was er gemacht hat? Er ist aus dem Hafen spaziert und mit meiner Holly – *meiner Holly* – durch Bali gecruised, während ich zu einer lebenslangen Haftstrafe verurteilt wurde!« Jetzt brechen die Tränen nur so aus mir heraus. Ich kann mich noch so gut an das Verfahren erinnern, an die Stimme des Übersetzers in meinen Ohren, wie er sagt »lebenslang«. Das Wort hallte in meinen Ohren wider. Wieder und wieder. Lebenslang, lebenslang, lebenslang.

»Warum hast du es mir nicht gesagt?«

»Ich konnte es dir nicht sagen.«

Mit geschlossenen Augen schüttelt er den Kopf. »Hast du wirklich gedacht, meine Karriere wäre mir wichtiger? Ist es das? Hältst du mich am Ende genauso wie Öxler und der Rest für einen emotionslosen Karrieremenschen? Oder war ich immer nur Mittel zum Zweck? Hast du Angst gehabt, dass ich dir den scheiß Bauantrag nicht bewilligen lasse, wenn ich von deiner Vergangenheit erfahre?«

»Nein«, schluchze ich, aber so undeutlich – gut möglich, dass er mich nicht versteht. Überhaupt bin ich nicht in der Lage, auch nur einen geraden Satz zu denken, geschweige denn zu sagen. Was in Bali passiert ist, war das Schlimmste, das mir je geschehen ist. Ich dachte wirklich, ich würde nie wieder dieses Gefängnis verlassen. Und sicher bin ich nicht stolz darauf, was dort alles passiert ist. Ich dachte, ich hätte das alles hinter mir gelassen. Ich dachte, ich wäre als stärkere Frau zurück nach Deutschland gekommen. Aber jetzt muss ich feststellen, dass ich all das nur unter einer Decke versteckt gehalten habe. Ich bin nicht stark. Ich bin zerstört. Bali hat mich zerstört. Bali hat mir alles genommen. Jetzt also auch Philipp. Oder hat es nur beschleunigt, was eh unausweichlich war? Nach Montag geht er seinen Weg und ich meinen. Vielleicht hat der Zeitungsartikel einfach nur gebracht, was vor uns gestanden hat: das Ende.

Ich verstecke meine bitteren Tränen hinter meinen Händen. Über mir knarzen die Dielen und keine zwei Minuten später kommt Philipp vollständig angezogen zurück, noch immer diese unerträgliche Wut im Gesicht.

»Wo willst du hin? Du kannst in diesem Zustand nicht fahren.«

»Muss ich aber. Ich muss dagegen vorgehen, so schnell wie möglich. Und ich muss überlegen, was ich den Gemeindevertretern und Amtsleitern erzähle. Tu mir … tu mir den Gefallen und gib keine Interviews, ja? Am besten, du sprichst mit gar niemandem darüber.«

An der Tür bleibt er noch einmal stehen. »Tut mir leid, Ida. Tut mir leid, dass ich dich in diese Lage gebracht habe.«

Statt einer Antwort, bleibe ich stumm, denn was gibt es auch noch zu sagen? Ich sehe ihm nach, wie er mit seinem Mercedes Kombi von meiner Auffahrt und aus meinem Leben verschwindet.

Kapitel Zehn

NACHDEM PHILIPP WEG WAR, habe ich heulend den Flur gestrichen und ebenso heulend Elin angerufen. Elin ist die beste, wenn es um tröstende Worte geht. Sie ist nicht wie Annie, die einem sagt, was man hätte besser machen können, oder so lange fragt und fragt und fragt, bis man komplett die Hosen heruntergelassen hat und wirklich jedes Detail erzählt.

Nein, Elin gibt sich mit den groben Informationen zufrieden und sagt solche Dinge wie: »Das hätte ich in deiner Situation auch so gemacht« oder »Dieser Idiot!«.

Am Dienstag bin ich nicht aus dem Bett gekommen und habe mich von nichts als dem Salz meiner Tränen ernährt. Gut, das mag ein wenig theatralisch klingen, aber man kann schon mal theatralisch werden, wenn am frühen Morgen eine Reporterin des Reriker Blatts anruft und mich um ein Statement zum Dementi des Bürgermeisters bittet. Sie sagte, ich könne ihn entweder mit meiner Aussage unterstützen oder mit meinem Schweigen unglaubwürdig machen. Aber was sollte ich tun? Philipp hatte mich ausdrücklich gebeten, keine Interviews zu geben und mit niemandem über die Sache zu sprechen. Und ich halte mein Versprechen. Das bin ich ihm schuldig. Außerdem hat er meinetwegen genug Ärger am Hals. Schlimmer noch: Meinetwegen ist er ab Montag wahrscheinlich arbeitslos.

Am Mittwoch klingelt es zweimal an der Tür. Beim ersten Mal ist es die Postbotin mit einem Brief von der Gemeinde. Ich ahne, was in dem Umschlag steckt, lege ihn weg und breche noch an der Haustür lehnend wieder in Tränen aus. Scheiß Bauantrag. Deinetwegen sind wir überhaupt erst in den ganzen Schlamassel gekommen.

Zwei Stunden später, die Sonne geht schon unter, klingelt es zum zweiten Mal und ich öffne verblüfft die Tür. »Was machst du denn hier?«

Elin, meine liebste, beste Schwester Elin, steht da und hält mir eine Packung Eiscreme entgegen. Ihr langes blondes Haar hat sie zu einem Zopf geflochten, die runde Brille ins Haar geschoben und ihre blauen Augen sprühen vor guter Laune. »Überraschung!«

»Bist du den weiten Weg etwa meinetwegen gekommen?«, frage ich wimmernd.

»Allerdings. Und wenn ich dich so ansehe, vollkommen zurecht.«

»Elin, ich hatte dir mein Herz ausgeschüttet,

damit du mir einen Rat gibst, nicht damit du herkommst und mich dabei beobachtest, wie ich mich in meiner Schande und Trauer suhle.«

»Suhle? Himmel, du warst schon immer so theatralisch. Und jetzt geh aus dem Weg.« Elin schiebt mich beiseite und kommt einfach ins Haus, als würde sie hier wohnen. Zugegeben, fast achtzehn Jahre lang hat sie das auch getan und strenggenommen steht ihr Name im Grundbuch. Aber das gibt ihr noch lange nicht das Recht, mich in meiner Trauer- und Mitleidsuhlphase zu stören.

»Was ist das denn?« Sie hebt das Schreiben der Gemeinde vom Boden auf, reißt den Umschlag auf und zieht den Brief heraus. »Ida! Mensch, Glückwunsch«, quiekt sie, nachdem sie das Schreiben gelesen hat. »Du hast die Baufreigabe!«

Statt mich mit ihr zu freuen, treten frische Tränen in meine Augen und ich breche in einen erneuten Heulkrampf aus.

»Und das finden wir traurig, weil …?«

»Weil er mich damit von meiner Aufgabe befreit«, schluchze ich.

»Deiner Aufgabe? Du meinst, eurem Fake-Date?«

»Jahahaaaaha.«

Hilflos tätschelt sie mir den Rücken. Da fällt mir etwas ein. »Sag mal, wer hat die Genehmigung unterschrieben?«

»Warum ist das wichtig?«

»Weil es sein politisches Ende bedeuten würde,

wenn er Kalle vom Bauamt gezwungen hätte, meinen Antrag zu genehmigen. Stell dir vor, der Kalle rennt damit zur Presse – das wäre sein Ende.«

»Kalles Ende?«

»Nein, Philipps!«

»Und wer ist Kalle?«

»Der Sachbearbeiter beim Bauamt. Los schon, schau nach, wer unterschrieben hat.«

Elin faltet das Schreiben auf und sucht nach der Unterschrift. »Ah, hier. K Punkt Dross.«

»Mein Gott! Er hat Kalle gezwungen, die Genehmigung zu unterschreiben.«

»Und das ist schlimm weil?«

»Weil Kalle damit zur Presse gehen könnte. Und er und Philipp mögen sich sowieso schon nicht. Und wenn Kalle *das* der Presse erzählt, dann ... dann ... war's das!«

»Das kannst du nicht wissen und Philipp ist erwachsen und wird wissen, was er tut. Jetzt ist es halt so.«

Das hat Papa immer gesagt. Jetzt ist es halt so. Wie ich diesen Satz gehasst habe ...

Elin sieht mich an und seufzt. »Ach, meine Kleine. Komm her, ich halt dich fest.«

Ich lasse mich in ihre Arme fallen und weine mich so richtig bei ihr aus. Erst als ich damit fertig bin, lässt sie mich los.

»Dich hat's echt erwischt.« Es ist keine Frage, es ist eine Feststellung und es passt mir gar nicht, dass sie mir einfach so ansehen kann, wie verzweifelt ich wegen dieser Sache bin. Nicht, dass es irgendjemandem schwerfallen würde, zu sehen, wie dreckig es mir geht, aber ich würde nun mal lieber alleine leiden als unter Zeugen. Sie geht weiter und bleibt an der Tür zum Wohnzimmer abrupt stehen. »Scheiße, was treibst du hier?« Mit offenem Mund starrt sie den Flur an »Was. Hast. Du. Getan?«

»Gestrichen.«

»Offensichtlich. Soll hier nicht gebaut werden?«

»Doch, ja.«

»Warum zur Hölle streichst du dann?«

»Weil ich verdammt noch mal eine Beschäftigung gebraucht habe!«

»Wenn Papa uns so fluchen hören könnte, der würde sich im Grab rumdrehen, Gott steh ihm bei.«

»Lass Papa da raus. Er ist schuld daran, dass ich Wände streiche, die bald eingerissen werden.«

»Ich dachte, Philipp Jansen wäre schuld daran?«

Mürrisch über ihre Klugscheißerei hebe ich die Nase. »Männer. Männer sind schuld daran, dass ich streiche bis in die frühen Morgenstunden. Und weißt du was? Lieber habe ich den Duft von frischer Farbe in der Nase, als Papas Gestank nach Gesöff und Schweiß oder Philipps Geruch nach ... nach ... herbem After Shave.« Eine neue Welle Tränen bahnt sich ihren Weg, aber Ida tätschelt mir die Schulter. »Eiscreme. Ich hole die Löffel.«

Wir sitzen schweigend, jede einen Löffel in der Hand, auf dem Boden im Wohnzimmer und betrachten die frischgestrichenen Wände. »Gefällt's dir denn überhaupt?«

»Der Flur ist gelb, die Küche grün, das Wohnzimmer blau – ich liebe es!«

»Annie wird es hassen.«

»Annie wird es hassen, ja. Aber dein Glück, dass sie niemals die Zeit finden wird, um deine Farbwahl zu ändern.«

»Stimmt.« Seufzend lasse ich den Löffel sinken und betrachte meine Schwester. Von uns dreien ist sie wohl die normalste. Das mittlere Kind. Ich die Jüngste, Annie die älteste. Elins Haar ist nicht braun, aber auch nicht blond. So ein Zwischending. Anders als Annie und ich hat sie ein bisschen mehr auf den Rippen. Sie findet sich immer zu dick. Vielleicht sollte ich ihr sagen, dass ich finde, dass sie einfach nur gesund und stark aussieht. Ich glaube, Elin könnte den Mount Everest besteigen, so viel Energie hat sie. Ich dagegen würde das niemals schaffen. Ein Wunder, wie ich das Gefängnis in Bali überstanden habe.

»Er weiß von Bali.«

»Gut.«

Darauf lache ich trocken.

»Doch, wirklich, das ist gut. Früher oder später hast du es ihm erzählen müssen.«

»Er hat es aus der Zeitung erfahren.«

»Oh.«

»Oh. Ja, allerdings.«

»Wie hat er reagiert?«

Mit den Armen zeige ich in die Leere des Raums und hebe vielsagend die Augenbrauen. »Er hat es nicht so gut aufgenommen.«

»Wieso nicht? Du warst unschuldig. Dieser Justin hat dich verarscht.«

»Keine Ahnung. Vielleicht ... vielleicht hat er es nicht verstanden oder er war sauer wegen dieser Fünfzig-Euro-Sache.«

»Was für eine Fünfzig-Euro-Sache?«

Statt einer Antwort lege ich wimmernd meinen Kopf an meine angezogenen Knie.

»Was für eine Fünfzig-Euro-Sache???«

»Okay. Ich lass dich den Artikel lesen. Aber du darfst nur die Hälfte glauben, okay? Es ist wirklich ein bisschen überdramatisiert. Und ich habe nie – nie! – gegen Geld ... naja, bis auf die Fünfzig-Euro-Sache, aber das macht mich noch lange nicht zu einer Hure oder sowas.«

»Ida?! Was für eine Fünfzig-Euro-Sache?!«

Ich gehe in die Küche und bringe ihr die noch immer zerknüllte Zeitung. Vorsichtig entfaltet sie sie. »Warst du das?«

»Nein, Philipp. Er hat sie vor Wut zerknüllt und weggeworfen.«

»Hast du Peda eine neue gekauft?«

»Klar! Und ein Stück Kuchen dazu.«

Sie schlägt das Reriker Schundblatt auf, sucht und findet besagte Seite. Ich hatte ihr von dem

Feature und dem Streit erzählt – die Details allerdings ausgelassen. Und natürlich weiß sie von Bali, aber wie ich an das Geld für das Zugticket damals gekommen bin, weiß sie nicht. Genau genommen hat sie nie danach gefragt und ich habe es nicht erzählt. Sowas erzählt man ja auch nicht.

»Hast du einen Stift?«

»Klar, Moment.« In meiner Berbertasche gibt es so ziemlich alles, was man braucht: Lippenpflege, Taschentücher, Desinfektionsmittel – jeder, der schon mal gereist ist, weiß, wie wichtig das unterwegs ist. Und natürlich auch ein Stift.

»Hier. Wofür brauchst du den?«

»Lass uns diesen Artikel mal durchgehen nach korrekten Fakten und nach Aussagen, die wir klarstellen beziehungsweise korrigieren lassen. Von wann ist das Bild?«

»Guter Punkt! Sie schreiben, ich wäre darauf achtzehn, aber ich kann nicht älter als fünfzehn gewesen sein.«

Elin kreist das Bild ein und unterstreicht die Zahl achtzehn unter der Bildunterschrift.

So gehen wir den kompletten Artikel durch. Ja, die Sache mit Bali ist korrekt, aber dass ich schon vorher mit Drogen in Berührung gekommen wäre, ist reine Mutmaßung des Redakteurs, also Stefans.

»Warst du je vorbestraft wegen Drogen? Gibt es irgendetwas oder irgendjemanden, der dazu eine Aussage machen könnte, die den Artikel stützen?«

»Nein! Ich hab das Zeug nie angefasst!«

»Ich weiß, wir hatten das damals schon besprochen, aber ich muss dich das nochmal fragen: Hast du gewusst, dass Justin so ein Zeug nimmt?«

»Elin, das war Marihuana in Tropfenform! Das bekommst du hier in jeder Apotheke. Er hat das Zeug nicht angebaut oder so. Es war einfach in seiner E-Zigarette.«

»Nein, es war in deiner Tasche.«

»Müssen wir das wieder aufrollen?«

»Nein. Ich will nur nicht, dass wir eine Klarstellung schreiben und die danach durch Zeugenaussagen revidiert wird. Gut, nächster Punkt: die Fünfzig-Euro-Sache. Was das betrifft, stützt sich dein Klassenkamerad auf Hörensagen. Jedenfalls zitiert er weder den Kerl, der das behauptet noch hat er Bildmaterial. Oder?«

»Natürlich nicht.«

»Also steht eigentlich sein Wort gegen deins.«

»Ja. Aber um ganz ehrlich zu sein: Würde ich behaupten, dass es nie passiert ist, wäre seine Aussage ein bisschen wahrer als meine.«

»Mh. Bringt nur leider den Bürgermeister in Bedrängnis. Oder könnt ihr irgendwie nachweisen, dass ihr wirklich zusammen ward? Gibt es zum Beispiel gemeinsame Fotos? Zeugen eurer Beziehung? Einen gemeinsam unterschriebenen Mietvertrag?«

»Fotos von uns gibt es im Reriker Blatt zur Genüge. Zeugen auch – jeder, der uns die letzten Tage gesehen hat. Oh! Und, warte!«

Im Flur liegt noch das Schreiben der Gemeinde mit der Kopie des Bauantrags. »Hier steht sein Name mit drin.«

Elin liest aufmerksam das Dokument. »Wie kam er dazu, seinen Namen in deinen Bauantrag schreiben zu lassen?«

»Keine Ahnung. Ich wollte es nicht, weil ich Angst vor Nachteilen hatte, aber er hat gemeint, es könne das Verfahren beschleunigen.«

»Mh. Das ist verrückt.«

»Was ist verrückt?«

»Sein Name in diesem Dokument. Mit diesem Namen hier drin kann er genauso finanziell belangt werden wie du und ich und Annie. Warum sollte er das tun?«

»Vielleicht hat er es nicht gewusst.«

»Als Bürgermeister? Wohl kaum. Ida, wenn ich dich am Telefon richtig verstanden habe, hast du diesen Typen noch nie in deinem Leben gesehen, richtig?«

»Richtig.«

»Warum sollte er dann seinen Namen in den Bauantrag für das wahrscheinlich innovativste Projekt Reriks schreiben lassen? Konnte er irgendwoher wissen, was du planst?«

»Nein. Ich sag dir doch: Ich habe ihn noch nie zuvor gesehen.«

»Okay. Nächstes Thema. Diese ganzen Nachweise, die Fotos, die Zeugen – das kann die Zeitung auch gegen euch verwenden. Das sind alles Treffen zu offiziellen Terminen gewesen und passt damit in die Theorie der Zeitung, dass ihr nur zum Zweck dieses Arrangements zusammen ward. Da ihr euch nie einfach nur privat getroffen habt, sind diese Nachweise für uns nicht brauchbar.«

»Aber wir haben uns privat getroffen! Und dafür gibt es sogar Zeugen!«

»Okay. Schieß los.«

»Philipp war am Samstag in meinem Yoga-Kurs. Alle Teilnehmerinnen können bestätigen, dass er bei mir war und danach geblieben ist. Er hat sogar hier geduscht.«

»Sehr gut. Das ist ein Anfang.«

»Und am Sonntag waren wir zusammen Kaffee trinken und Kuchen essen. Draußen am Buk. Der Besitzer kann das bestätigen.«

»Na prima! Dann haben wir jetzt zu tun. Wir machen es so: Du sprichst mit deinen Kursteilnehmerinnen, ich mit dem Besitzer vom Buk.«

»Grundsätzlich ist das eine super Idee, aber der fairnesshalber sollte ich dir vorher sagen, wie der Besitzer vom Buk heißt.«

»Oh Gott, welcher alte Griesgram ist es? Ist es Heiner? Bitte nicht Heiner! Dieser schleimige, stinkende Walfurz!«

»Es ist nicht Heiner. Es ist Timm Seefeld.«

Elins Miene erstarrt für mehrere Sekunden. Die Farbe in ihrem Gesicht verschwindet, taucht tiefrot wieder auf und senkt sich dann zu einem blassen

Roséton. Spektakulär wie der Körper binnen Sekunden Hormone ausstößt.

»Guuut«, sagt sie gedehnt. »Planänderung: Du sprichst mit deinen Kursteilnehmerinnen *und* mit Timm. Und ich schaue in der Zeit mal, was ich über Stefan Öxler und den Chefredakteur rausfinden kann.«

»Den Chefredakteur? Weshalb das?«

»Weil dieses *Feature*, wie mein Kollege es nennt, journalistisch der letzte Dreck ist. Dass es so ein einseitiger Bericht in die Zeitung geschafft hat, ist entweder Schlamperei des Chefredakteurs oder ganz in seinem Interesse.« Sie blättert eine Weile auf der Suche nach etwas. »Hier ist es, das Impressum. Ah! Wir reden von einer Chefredakteurin. Ihr Name ist Erika Stahlmann. Schon mal gehört?«

»Nee.«

»Philipp sollte ernsthaft in Erwägung ziehen, das Blatt zu verklagen. Irgendwer wird dann seinen Job verlieren. Entweder Stefan oder diese Stahlmann. Ich frage mich nur, warum sie das Risiko eingeht? Sie muss doch gewusst haben, dass Philipp Jansen sie verklagen wird.«

»Er ist ein guter Kerl, vielleicht glaubt sie, er belässt es bei einer Richtigstellung?«

»Vielleicht. Aber dann wäre dein Philipp dumm. Sowas hier ist Verleumdung.« Nachdenklich legt sie die Hand ans Kinn. »Also ... Wäre das hier meine Redaktion, ja, meine Chefredakteurin, mein Redakteur ...«

»Dann?«

»Dann hätten die ein klares Ziel mit dieser Aktion.«

»Philipp loswerden.«

»Das liegt auf der Hand. Was hat die Redaktion davon, wenn Philipp nicht wiedergewählt wird? Wer profitiert davon?«

»Wenn er nicht wiedergewählt wird?« Verschwörerisch senke ich die Stimme. »Hillary Clinton.«

Kapitel Elf

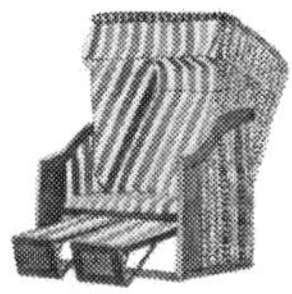

Es ist kurz nach dreiundzwanzig Uhr am Donnerstag als Elin und ich an Philipps Tür klingeln. Seit dem Eklat am Montag hatten wir keinen Kontakt. Die ganze Zeit wollte ich mich melden, hab mich dann aber doch nicht getraut, denn: Wenn er sich nicht meldet, ist er offensichtlich noch immer zu wütend, um mit mir zu sprechen. Vielleicht ist er auch so wütend, dass er nie wieder mit mir spricht. Gut möglich. Und wahrscheinlich das, worauf unser Arrangement von Anfang an abgezielt hat. Was hatte ich mir nur gedacht? Dass wir Freunde werden? Dass wir ein Paar werden? Gott, das hier ist keine Liebesschnulze – das ist das verdammte wahre Leben und in meinem Leben passiert nie etwas romantisches. Nein, in meinem Leben gibt es nur Typen, die mir am Zoll in Bali ihr THC-Öl in die Handtasche schmuggeln.

Der Summer geht und die Tür springt auf.

»Vierter Stock«, informiere ich Elin, die sich daraufhin nach allen Seiten umsieht. »Kein Fahrstuhl? Das ist ein Witz, oder?«

»Komm schon.«

Wir steigen die Treppe hinauf und kommen völlig außer Atem oben an. Zu meiner Überraschung steht die Tür zu Philipps Wohnung offen, aber von ihm ist nichts zu sehen. Dabei war ich fest überzeugt davon, ihn auch um diese Tageszeit und nur zwei Tage vom alles entscheidenden Wahlvorabend im Anzug oder wenigstens in Hemd und Hose anzutreffen.

»Philipp?«, rufe ich durch die Tür.

»Im Wohnzimmer.« Seine Stimme klingt alarmierend! Total schwach und kratzig. Erschrocken starre ich Elin an. Wurde Philipp etwa niedergeschlagen? Aber von wem? Hillary? Stahlmann oder Stefan Öxler?

»Bleib wo du bist, wir kommen!«

Auf dem Sofa liegend, eine Decke über dem Körper und eine Tasse Tee auf dem Couchtisch, finde ich ihn vor. Er sieht elendig aus.

»Was ist mit dir? Bist du krank?«

Hörbar zieht er die Nase hoch. »Erkältet.«

»Du Armer. Bestimmt vom Regenschauer am Sonntag.«

»Oder von meinem unfreiwilligen Bad beim Brunch.«

»Auch möglich.«

»Hi, ich bin übrigens Elin, Idas Schwester.

Schön Sie kennenzulernen.« Elin winkt zurückhaltend. »Die Hand gebe ich Ihnen besser nicht, ich muss am Wochenende arbeiten.«

»Philipp. Philipp Jansen. Was verschafft mir die Ehre?« Ächzend setzt er sich auf.

»Meine Schwester hat etwas herausgefunden und wir glauben, das solltest du unbedingt wissen – vor der Wahl.«

»Ida, es ist vorbei, okay? Meine Umfragewerte sind im Keller – ich bekomm keine zehn Prozent mehr zusammen. Ich mach gerade die Übergabe fertig. Margarete hat gewonnen.«

»Margarete darf aber nicht gewinnen, schließlich steckt sie hinter der ganzen Sache!«

Sein Blick huscht zwischen uns Mädels hin und her, dann setzt er sich auf, nimmt die Teetasse in die Hand und sagt: »Lasst hören.«

»Sie wurden so richtig mies reingelegt, Philipp.« Elin breitet auf dem Couchtisch die Übersicht aus, die sie für das Gespräch angefertigt hat. Ein schönes Netzwerk an Reriker Bekanntschaften, Freundschaften, Unternehmern und Sponsoren.

»Ich habe mir die aktuellen und ein paar vergangene Mitarbeitende des Reriker Blatts angesehen und bin auf interessante Namen gestoßen. Wie diesen hier zum Beispiel. Kennen Sie den Mann?« Sie zeigt auf einen der Namen auf ihrer Übersicht und

Philipp beugt sich vor, um ihn lesen zu können. »Das ist mein Pressesprecher. Und?«

»Ihr Pressesprecher hat bis vor fünfzehn Jahren für das Reriker Blatt gearbeitet, Region Neubukow-Salzhaff.«

»Na und? Daran ist nichts verwerfliches.«

»Daran noch nicht, nein. Aber die Redaktion dort hat vor fünfzehn Jahren aus gerade Mal zwei Personen bestanden. Und die zweite Person war …« Elins Finger wandert von der Außenseite des Blatts in die Mitte. Philipp beugt sich vor und liest den Namen laut vor. »Erika Stahlmann. Und? Heute ist sie Chefredakteurin.« Unbeeindruckt zuckt er mit den Schultern und putzt sich die rote Nase. »Dann waren sie früher Kollegen, ist doch nicht schlimm.«

»Nein, auch das ist an sich nicht schlimm. Nur eines ist fragwürdig.« Elin tippt auf den Namen in der Mitte ganz oben. »Sie kennt Margarete aka Hillary Clinton ziemlich gut. Man könnte sogar sagen, die beiden sind ziemlich beste Freunde. Ich habe ein Foto der Damen im Internet gefunden – Abi 1977. Außerdem ein Foto der beiden Jahre später mit ihren Ehemännern beim Hafenfest, 1995. Da war Hillarys Mann schon Bürgermeister von Rerik.«

»Margarete und Erika sind befreundet?« So langsam dämmert es Philipp in was für ein Netz an Reriker Machenschaften er da hineingeraten ist.

»Und als wir beide nach der Theaterpremiere zum Parkplatz gegangen sind, habe ich Margarete mit

Stefan Öxler sprechen sehen. Sie haben sich seine Bilder auf der Kamera angeschaut. Ich verwette mein rechtes Bein, dass sie geschaut haben, welches Bild sich am besten für das Feature eignet.«

Philipp betrachtet mich lange und wippt dabei mit dem Fuß. »Warum hast du nichts gesagt?«

»Du warst gerade dabei, mich um ein Date zu fragen. Außerdem kam es mir zwar merkwürdig vor, aber am Ende war es nur ein Gespräch zwischen einem Fotografen und einer Frau, die er abgelichtet hat.« Auch wenn seine Augen gerötet sind, ist sein Blick mir gegenüber vollkommen neutral. Wahrscheinlich sind seine Augen wegen der Erkältung gerötet, nicht, wie bei mir, vom Heulen. Klar ist er wütend auf mich. Und enttäuscht. Ich hab ihm nicht die Wahrheit erzählt, aber strenggenommen habe ich ihn auch nicht angelogen. Jedenfalls hat er mich nie gefragt, ob ich jemals durch einen Gefangenenaustausch wieder freigekommen bin. Vielleicht lernt er daraus und fragt das in Zukunft jede Frau, die er trifft. Oh, der arme Kerl – er wird sein Leben lang Single bleiben! Erst betrügt ihn die Verlobte, dann stellt sich heraus, dass seine ... tja, was war ich denn? Seine Flamme? Sein Fake-Date? Sein One-Night-Stand?

»Danke, dass ihr mir das gezeigt habt, aber ich fürchte, das hilft mir nicht mehr. Es ist zu spät.«

»Philipp, Hillary darf nicht gewinnen. Lass das nicht zu! Du ... Du liebst diesen Job! Und das, was man liebt, dafür sollte man kämpfen!« Und wenn du mich liebst, kämpfe um mich – *jetzt* wäre zum Beispiel ein guter Zeitpunkt mir zu sagen, dass ich nicht nur ein One-Night-Stand war.

»Es ist vorbei, Ida.«

Mein Herz zerbricht in tausend Stücke. Das war deutlich. »Verstehe. Ja. Hab verstanden. Dann ... dann weiterhin gute Besserung. Und alles Gute für Samstag.« Elin und ich gehen. Im Hausflur lasse ich mich an einer Wand auf den Boden sinken und vergrabe seufzend das Gesicht in meinen Händen.

»Und jetzt? Was machen wir jetzt?«, fragt Elin und ich höre an ihrer Stimme, dass sie noch lange nicht bereit ist, aufzugeben. Aber ich bin es. Elins Zug fährt in zwölf Stunden ab und Philipp Jansen hat mir eben gesagt, dass es vorbei ist. Vorbei mit der Wiederwahl, vorbei mit uns. Aus und vorbei. Alles, was wir jetzt noch tun, hat keinen Sinn mehr.

»Weiß nicht. Eiscreme.«

»Nee«, sagt Elin mit diesem Biss in der Stimme, den ich noch von früher kenne, wenn diese tierquälenden Nachbarsjungen mit ihren Eimern Quallen aus der See gefischt haben und wir Mädchen es nicht zulassen wollten. »Gegenkampagne.«

Elin tippt sich die Finger wund. Keine Ahnung, was sie schreibt, aber es muss wichtig genug sein, dass sie bis nachts um drei Uhr auf ist und erst am nächsten Morgen um zehn in der Küche erscheint.

»Lies das.«

»Auch dir einen wunderschönen guten Morgen.«

»Lies und sag, ob das so korrekt ist. Ich will kein ‚Das ist langweilig formuliert' oder ‚den Satz kannst du anders schreiben', ich will einfach nur einen Faktencheck. Los.«

»Meine Güte, so gar nicht herrisch.« Mit meinem Pott Kaffee setze ich mich auf die Terrasse, die zu dem kleinen Wäldchen führt, der unserer Straße ihren Namen verliehen hat. Genau dahinter befindet sich schon die Ostsee und an manchen Tagen kann man nicht sagen, ob das Rauschen der Wind in den Bäumen oder die Wellen sind.

Elins Text ist ein Manifest. Sie zerlegt Margarete und die Chefredakteurin. Sie legt alles offen, nennt Quellen, basiert ihre Aussagen auf Fakten und ich bin mir sicher, dass der Text in meinen Händen für rollende Köpfe sorgen wird.

Mit einem eigenen Pot Kaffee setzt sie sich neben mich auf die Stufe.

»Was hast du damit vor?«

»Das schicke ich an das Reriker Blatt, an sämtliche Lokalredaktionen entlang der Ostseeküste, an Blogger, Vlogger und den Deutschen Journalistenverband.«

»Dafür kann die Stahlmann gekündigt werden.«

»Ich weiß.«

»Du willst es trotzdem tun.«

»Ich bin Journalistin, Ida. Mag sein, dass Philipp

aufgegeben hat, das ist in Ordnung, ist sein gutes Recht. Aber ich kann nicht wegsehen. Was hier passiert ist, muss angeprangert werden. Margarete und diese Stahlmann haben eine Hetzkampagne gegen ihn gefahren – und das seit Margarete ihren Mann zurückgenommen hat. Und Stefan Öxler und dieser Pressesprecher waren ihre Handlanger – der eine bei der Presse, der andere ganz ungeniert in Philipps eigenen Reihen. Von dem Tag an, an dem sich Margarete und ihr Dieter versöhnt haben, hatte Philipp keine Chance mehr in diesem Amt. Sie wollte seinen Stuhl und sie sägt seit Jahren daran.«

Kurz vor elf Uhr drückt Elin auf Senden und ihr Artikel mit einer offiziellen Klarstellung ist in der Welt.

»Und jetzt?«, frage ich.

»Jetzt müssen wir hoffen, dass mein Artikel nicht erst nach der Wahl erscheint.«

Elin reist zur Mittagszeit ab und hinterlässt ein einsames Haus. Vielleicht sollte ich an den Strand gehen. Mich ein bisschen in die Sonne legen. Oder Simon von der Surfschule besuchen und mir ein Board leihen. Unschlüssig stehe ich in der Küche und sehe aus dem Fenster. Quer über dem Hof liegt die Scheune. Dort liegt meine Yogamatte. Dort steht das Stativ mit der Kamera. Ich müsste es nur einstellen, auf den Knopf drücken und dann los. Ich müsste das

Video ja auch gar nicht hochladen. Ich könnte es einfach nur für mich drehen. Yoga hat mir bisher durch alles geholfen. Im Gefängnis in Bali habe ich Yoga praktiziert. Dadurch sind ein paar der anderen Insassinnen auf mich aufmerksam geworden und haben sich meinen Einheiten angeschlossen. Yoga im Frauenknast. Wir waren eine richtige Gang. Haben uns gegenseitig beschützt und unterstützt. Wir waren verdammt cool. Nicht so cool, wie diese brutalen Mannsweiber, aber wir waren der coole Yogaclub und haben zusammengehalten. Wenn ich ehrlich bin, waren es diese Mädels, die mich am Leben gehalten haben.

Mit einem Ziel vor Augen verlasse ich das Haus, überquere den Hof, auf dem meine treue Holly steht, und betrete die Scheune. Licht an, Kamera an, Matte ausrollen, Kerzen anmachen. Im Schneidersitz setze ich mich, schließe die Augen und atme tief ein und lang aus. Für eine ganze Weile ist das alles, dass ich tue. Dann trägt der Flow meinen Körper von einer Asana zur nächsten. Meine Atmung ist Bewegung, meine Bewegungen sind Atmung. Ich fließe. Ich bin der Boden unter mir und die Luft im Raum. Ich bin bei mir. In bin stark. Ich bin ruhig.

Und zum ersten Mal seit einer langen, langen Zeit bin ich überzeugt, dass alles gut wird.

Später am Nachmittag telefoniere ich mit dem Seniorchef von Schmalzer und Schmalzer. Der alte Mann erinnert sich tatsächlich an unsere Begegnung beim Hafenfest und hat entweder die Montagszeitung nicht gelesen oder es ist ihm egal, worüber ganz Rerik gerade tratscht. Er kommt mir preislich entgegen und wir vereinbaren einen Besichtigungstermin mit seinem Architekten für kommenden Mittwoch. Endlich kommt Schwung in die Sache. Mit dem guten Gefühl, etwas erreicht zu haben, schnappe ich mir ein Badetuch und gehe durch das Wäldchen runter an die See. Ich liebe diesen Duft. Liebe das Gefühl von Sand unter meinen Füßen. Liebe das Geräusch kreischender Möwen im Himmel. Es sind noch ein paar Touristen hier, aber die Sonne geht bald unter und dann werden sie ihre Sachen packen und am Hafen etwas essen oder in ihre Ferienwohnungen zurückkehren. Ich lasse mein Badetuch liegen und tauche meine Füße in das Wasser. Die Kälte erfrischt mich. Plätschernd schlagen die Wellen gegen meine Beine und ich gehe tiefer und tiefer, lasse mich in das kühle Nass fallen und schnappe für einen Moment nach Luft, bis sich mein Körper an die Temperatur gewöhnt hat. Dann lass ich mich von den Wellen treiben und spiele mit den harmlosen Quallen. Sie sind selten geworden. Als wir Kinder waren, haben wir uns mit ihnen beworfen. Was hatten wir für einen Spaß!

Als es längst dunkel ist und ich die erste feste Nahrung seit Montag – eine Pizza – zu mir genommen habe, setze ich mich auf die Terrasse und schneide das Video von heute Mittag. Es ist gut geworden. Eigentlich zu schade, um es nicht zu veröffentlichen. Also tue ich das, was ich früher – vor Bali – immer getan habe: Ich setze mich mit meinem Laptop, Kopfhörern und Mikrofon in Holly und nehme eine Tonspur zu den Bildern auf.

»Es gibt Zeiten im Leben, da fällt einem das Atmen schwer. Weil der Druck zu groß ist, die Aufgaben zu schwer. Heute widmen wir uns mit ganz sanften Übungen unserer Seele. Wir schenken uns Ruhe und Kraft und finden zurück zu unserer Atmung. Schön, dass du dabei bist. Ich bin Ida und das ist mein neues Yoga-Studio.«

Noch in der Nacht zu Samstag veröffentliche ich es zusammen mit einem Statement, was in Bali geschehen ist und warum ich mich so lange nicht gemeldet habe. Ich bin mir sicher, dass ich darauf viele Kommentare erhalten werde. Wahrscheinlich wird es mich den ganzen Samstagabend kosten, die zu beantworten. Und es ist ja nicht so, als hätte ich diesen Samstag etwas vor, nein. Vor einer Woche noch wäre ich die Fake-Begleitung eines bestimmten Bürgermeisters gewesen. Jetzt aber habe ich frei und kann meine digitalen Freundschaften wieder aufleben lassen.

Ziemlich zufrieden mit dem Verlauf des heutigen Tages lege ich mich ins Bett und schließe die Augen. Da brummt mein Handy. Ob das Elin ist? Oder Annie, die von Elin erzählt bekommen hat, was bei mir los ist? Oder sind das die ersten Kommentare zu meinem Video? Wahrscheinlich habe ich vergessen, die Benachrichtigung stumm zu schalten.

Aber es ist weder Elin noch Annie, noch sind es Kommentare von Zuschauern. Es ist eine Nachricht von *ihm*. Und es gefällt mir gar nicht, dass mein Herz allein bei dem Anblick seines Namens auf meinem Handy ins Stolpern gerät. Verräterisches Herz!

Warst du das?

Dazu schickt er einen Link. Er führt zur Webseite der Ostsee Nachrichten, der größten Tageszeitung der Küste. Es ist Elins Artikel. Sie haben ihn eins zu eins veröffentlicht. Sogar mit allen Bildern, die Elin zur Verfügung gestellt hat. Das Porträt von Simon, dem Besitzer der Surfschule, der bestätigt, dass Philipp nicht einen Schluck Alkohol getrunken hat und es sowieso beim Brunch nur Bier aus Dosen gegeben habe, aber gewiss keinen Alkohol in Bechern. Auch Herr Schmalzer hat Elin ein Interview gegeben und darin bestätigt, dass Philipp noch nie in dessen Beisein einen Schluck Alkohol getrunken habe, vielmehr von Stefan Öxler dazu gedrängt wurde, auf dem Bild mit einem Glas zu posieren. So in etwa hat auch der Regisseur vom Theater ausgesagt. Auch von ihm ist ein Bild dabei. Elin hat wirklich Talent fürs Fotografieren – die Porträts sind richtig schön geworden.

Und auch der Rest des Artikels ist online – sie

haben nichts gekürzt, nichts gestrichen. Selbst die Verbindungen zwischen Margarete, der Chefredakteurin und den anderen Akteuren der Zeitung und des Rathauses sind mit Illustration online

Nein. Meine Schwester.

Danke.

Dank nicht mir, dank meiner Schwester. Ich habe nichts weiter getan, als Infos zu liefern.

Das ist mehr, als du hättest tun müssen.

Nach deinem fulminanten Abgang am Montag, allerdings, ja.

Es dauert eine ganze Weile, bis eine Antwort von ihm folgt.

Es tut mir leid, Ida. Ich hab die Nerven verloren. Was da über dich stand, dass sie dich so in aller Öffentlichkeit in den Dreck ziehen, das tut mir furchtbar leid. Ich hätte dich nicht in die Sache mit reinziehen dürfen.

Schon okay.

Mehr schreibe ich nicht. Was gibt es auch noch zu sagen?

Die Punkte neben seinem Namen blinken, was bedeutet, dass er schreibt. Aber es kommt und kommt nichts. Er schreibt und schreibt und schreibt. Nach einer gefühlten Ewigkeit, ploppt endlich die Nachricht auf. Sie ist recht kurz, dafür, dass er so lang geschrieben hat.

Bist du zuhause?

Ja.

Ich komme kurz vorbei.

Äh nein. Aber jeglicher Widerspruch hätte wohl keinen Zweck, also lasse ich es. (Und ein ganz kleiner, winziger Teil von mir möchte vielleicht auch, dass er kommt. So ein ganz, ganz kleiner Teil.)

Kapitel Zwölf

Keine viertel Stunde kommen Autoreifen rauschend auf dem Schotter unserer Auffahrt zum Stehen. Gerade genug Zeit für mich, etwas Maskara aufzulegen und nicht ganz so auszusehen, als wäre ich bereits im Bett gelegen. Ich schlinge meine Strickjacke enger um meinen Körper und bleibe am Rahmen der Haustür stehen. Philipp sieht besser aus. Mehr als das, er sieht gut aus. Zu seiner Jeans trägt er ein weißes Hemd und sein dunkles Haar hat er sich gewollt lässig gestyled. »Wieder gesund?«

»Ja«, sagt er und bleibt vor mir stehen. »Gesund und wieder bei Verstand und ... voller Sorge um dich.«

»Um mich? Wieso das denn?«

»Bei mir steht seit Montag das Telefon nicht mehr still. Hat dich keiner angerufen?«

»Doch, klar. Elin, Annie, das Reriker Blatt. Die üblichen Anrufe.«

Mehr als ein künstliches Lächeln bekomme ich nicht von ihm für diesen schlechten Witz.

»Hör zu …«, sagt er und reibt sich über den Nacken. »Die Sache … die ganze Sache war einfach eine saublöde Idee und dafür wollte ich mich entschuldigen.«

»Wofür genau?«

»Dafür, dass ich dich zu diesem Fake-Date-Mist überredet habe. Das war … ein riesengroßer Fehler und ich … scheiße, ich bereue es so sehr. Tut mir leid, Ida.«

Irgendwo zirpt eine Grille. Die See oder das Wäldchen oder beide rauschen. Ich schlucke schwer. »Also … Was mich betrifft … ich bereue es nicht. Ich bereue es nicht, dir geholfen zu haben. Ich bereue es nicht, dich kennengelernt und mit dir geschlafen zu haben. Und ich bereue noch weniger, dass ich mich in dich verliebt habe und wenn mir etwas leidtut, dann dass ich zugelassen habe, dass du hierherkommst, um mir mein Herz ein zweites Mal in tausend Stücke zu reißen. Und jetzt geh, bevor ich Peda rufe und der seine Schrotflinte mitbringt.« Damit knalle ich die Tür zu. Philipp trommelt mit den Fäusten gegen die Haustür und ruft meinen Namen, immer und immer wieder. Ich aber sprinte nach oben ins Dachgeschoss, öffne das Fenster und rufe: »Pedaaaa! Pedaaaaa, Schwerenöter!« Als wir Teenager waren, haben wir dieses Codewort mit ihm ausgemacht, falls er für eine von uns mal einen unerwünschten Kerl vom Hof jagen müsse. Es kam nie so weit – bis zum heutigen Tag. Und – Wahnsinn – er hat es nicht vergessen: In Unterhose und Hemd, bewaffnet mit seiner Schrotflinte, eine Kippe im Mundwinkel rast der alte Peda auf seine Terrasse und feuert einmal in den Himmel. Es gibt einen Mordslärm und ich könnte wetten, dass sich morgen die Nachbarn beschweren. »Verschwinde, du Sauhund! Mach, dass du wegkimmst!«

Reifen schlittern über den Innenhof und in der nächsten Sekunde verschwindet ein Mercedes Kombi aus meiner Auffahrt.

Bald darauf klingelt mein Telefon. Philipp. Ich lasse die Mailbox drangehen. Das Ergebnis am nächsten Morgen: Sechsundzwanzig Anrufe. Zehn Nachrichten. Alle von Philipp. Ich höre keine einzige ab. Dieser Mistkerl. Er bereut es. Er bereut, dass ich in sein Leben gekommen bin. Ich bereue, dass ich diesen Mistkerl in mein Herz gelassen habe.

Ihn weg zu schicken, war das einzig richtige, das ich für mich und mein geschundenes Herz hatte tun können.

Aber warum fühle ich mich dann nicht besser?

Ich brauche Bestätigung. Ich brauche jemanden, der mir sagt, dass ich alles richtig gemacht habe. Also rufe ich Elin an. Wen auch sonst?

»Er kam mitten in der Nacht zu dir?«

»Ja, allerdings! So was von übergriffig, nicht wahr?«

»Och.« Och? Was soll das? Wo bleibt Elins zustimmendes »Ja, absolut«?

»Find ich eigentlich nicht.«

»Nicht? Wieso nicht? Man klingelt nicht mitten in der Nacht bei alleinstehenden Frauen an der Haustür und sagt ihnen, dass man es bereut, sie in sein Leben gelassen zu haben.«

»Also erstens haben wir genauso mitten in der Nacht bei ihm geklingelt und zweitens hat er es anders formuliert.«

»Anders formuliert! Ist doch egal, was er genau gesagt hat, es kommt auf das Gleiche hinaus. Er will mich nicht. Basta.«

»Mmmh.« Mmmh? Was soll das denn jetzt bedeuten? Elin macht mich wahnsinnig! »Ich finde, es macht schon einen Unterschied. Ich meine: Bereut er wirklich, dass du in sein Leben getreten bist, oder bereut er, dass du in die ganze Sache reingezogen wurdest. Das macht einen Unterschied.«

»Macht es nicht. Wieso auch?«

»Mann, Ida – sei doch nicht so begriffsstutzig! Weil er bei ersterem eindeutig nichts von dir will – dann war es ein One Nicht Stand und du kannst ihn hassen. Bei zweiterem jedoch bedeutest du ihm etwas. Du bedeutest ihm so viel, dass er dich aus seinem Leben haben will, damit du nie wieder zur Zielscheibe dieser Aasgeier wirst.«

»Mit Aasgeier meinst du die Presse? Also deine Kollegen *und dich*?«

»Ja, klar. Ida, ich weiß, wie Nachrichten gemacht werden. Und besonders Politiker geraten schnell ins Kreuzfeuer. Und nein, vor ihren Partnern macht die Presse keinen Halt. Also: Was bereut er?«

Eine ganze Weile denke ich darüber nach. »Ich weiß es nicht. Die ganze Situation ... es ging alles so schnell. Ich weiß nicht mehr, was er gesagt hat und was ich hineininterpretiert habe.«

»Wenn das so ist, schlage ich vor, dass du deinen Hintern sofort zu ihm bewegst und ihn fragst.«

»Kann ich nicht. Nicht heute. Nicht jetzt.«

»Warum?«

»Es ist der Wahlvorabend. Die Veranstaltung am Hafen läuft bereits.«

»Das ist kein Grund, Ida Kohnke. Das ist eine Ausrede.«

Reriks Hafenpromenade hat sich herausgeputzt. Auf der kleinen dreieckigen Aussichtsplattform zwischen den Anlegern wurde eine Bühne mit drei Stühlen und einem Tisch aufgebaut. Weiße Tücher hängen an der Balustrade dahinter und Reriks Flagge mit dem Schiff, das meiner Meinung nach wie ein Wikingerboot aussieht, flankiert die Plätze. Als ich komme, ist die Veranstaltung schon in vollem Gange. Über Lautsprecher sind die Stimmen des Moderators und der zwei Bewerber zu hören. Gerade erklärt Hillary, dass sie das Angebot an Kindergartenplätzen erweitern möchte, indem sie einen neuen Kindergarten bauen lassen möchte, wird aber jäh von Philipp unterbrochen, der sie darauf hinweist, dass sie nicht von Erweiterung des Bestands sprechen könne, wenn sie gleichzeitig den alten Kindergarten schließen würde. »Sie gewinnen durch den Neubau lediglich zwei Plätze und der Witz ist«, ich höre an seiner Stimme, wie aufgewühlt und wütend er ist, »dass es für diese zwei Kinder keine einzige Erzieherin zusätzlich geben wird, im Gegenteil: Mit dem neuen Kindergarten hätten wir die Grenze des Betreuungsschlüssels erreicht. Ich will hier den Neubau überhaupt nicht wegdiskutieren, im Gegenteil, wir brauchen einen neuen Kindergarten – so schnell wie möglich. Aber ich will nicht, dass hier mit etwas Wahlkampf betrieben wird, dass erstens sowieso schon in der Gemeindevertretersitzung auf der Agenda steht und zweitens keine Verbesserung der Situation darstellt. Außer vielleicht den Duft von frischer Farbe.«

Das heimst ihm ein paar Lacher aus dem Publikum und gespitzte Lippen von Hillary ein. Philipp sieht verdammt gut aus. Anders als zu sonstigen Veranstaltungen ist er nicht im Anzug erschienen, sondern trägt eine Stoffhose mit Hemd, deren Ärmel er lässig hochgekrempelt hat. Es macht den Eindruck, dass das hier der wahre Philipp Jansen ist. Einer, der nichts mehr zu verlieren hat und deshalb endlich sein kann, wie er wirklich ist. Schade, dass er diese Seite von sich erst jetzt zeigt. Rerik hätte den echten Philipp Jansen gemocht.

Klammheimlich schiebe ich mich durch die lauschende Menge und suche mir einen Platz auf einer der Bierbänke, die vor der Bühne aufgestellt wurden. Philipp hat mich gar nicht bemerkt, aber sein Blick huscht durch die Reihen der Zuschauer, als würde er jemanden suchen. Aber wen? Einen von Reriks reichen Unternehmern?

Der Moderator, auf seinem Schild steht Sven Jahn, hebt den Finger, als wolle er damit ankündigen, jetzt eine ganz entscheidende Frage zu stellen. »Herr Bürgermeister, Sie haben ja aber aktuell gar kein Kind im Kindergarten?« Er hebt die Stimme, als wäre der Satz eine Frage.

»Genauso wenig wie Margarete.«

»Aber *wollen* Sie denn überhaupt Kinder? Es gab in der Vergangenheit ja einige unglückliche Zusammentreffen mit Kindern in der hiesigen Grundschule. Da könnte man meinen, dass Sie lieber die Finger von der Vaterschaft lassen sollten.« Sven Jahn lacht über seine beleidigende Unterstellung, als würde sie dadurch zu einem Scherz.

»Das ist eine äußerst private Frage und sollte meiner Meinung nach nicht Gegenstand einer Widerwahl sein.« Wo Philipp recht hat, hat Philipp recht, aber wir sind hier in Rerik und da zählt die Meinung der Leute mehr als Moral. Und zu Rerik gehören Kinder genauso wie die See. Bums, aus.

»Aber ja«, sagt Philipp weiter, »ich hatte ein, zwei Begegnungen, die nicht sehr glücklich liefen. Eine davon endete für mich mit einer nassen Hose. Aber ich habe daraus gelernt und nun immer eine Ersatzhose im Büro.« Lachen aus der Menge. »Und dennoch: Kinder sind absolut in meiner Lebensplanung vorgesehen, absolut. Ich liebe Kinder.« Er klingt ehrlich. Ob es stimmt? Wir haben nie über ihn und den Vorfall in der Grundschule gesprochen. Philipp als Papa. Er könnte mit ihnen Ball spielen, wir würden an Familien-Beach-Volleyball-Turnieren teilnehmen. Gott, hab ich gerade *wir* gedacht?!

»Und wie ich dem Reriker Blatt entnehmen konnte, gibt es für dieses Lebensziel auch eine Anwärterin?«

Ich halte den Atem an und das tun auch gefühlt alle um mich herum. Philipp wird auf seinem Stuhl etwas unruhig, weicht dem Blick des Moderators aus und denkt lange – viel zu lange – über die Antwort auf diese Frage nach.

Oh Himmel, sag jetzt nichts Falsches! Er wird doch wohl nicht zugeben wollen, dass wir das alles nur gefaked haben? Oh Gott, dann kann er sich direkt ins Hafenbecken schmeißen – mit Wiederwahl ist dann jedenfalls Schluss. Aber dank Elins Gegenoffensive könnte er die Show aufrechterhalten. Was da im Reriker Blatt steht, ist durch ihren Artikel komplett in Frage gestellt.

»Ich ... ich hatte sehr gehofft, dass das mit Frau Kohnke und mir Zukunft hat ...«

»Hat oder hatte?« Diesen Sven Jahn würde ich zu gerne von seinem Stuhl ziehen und in der Ostsee versenken.

»Ja ...« Philipp sucht sichtlich nach Worten. »Sie wissen ja, wie sowas läuft. Man sucht und sucht und versucht und versucht. Und manchmal klappt es und manchmal ... manchmal denkt man, die Gefühle sind nur einseitig und wenn man dann erkennt, dass man sich geirrt hat, dann ... tja, dann ist es manchmal ... zu spät. Ja, und plötzlich sitzt man allein bei der wichtigsten Veranstaltung im Jahreskalender und muss feststellen, dass ... dass man es versaut hat.« Er lässt den Kopf hängen und ich möchte am liebsten aufspringen und rufen: »Ich bin doch aber hier! Du bist nicht allein!«, aber das muss ich gar nicht. Das macht jemand anderes für mich. Ein alter Herr in Karohemd und Cordhose ruft ungeniert aus: »Aber die junge Kohnke ist doch da!«

Plötzlich ist es still um mich herum. Dann folgt ein Köpfe drehen, suchen, schnattern, bis mich auch der letzte der Anwesenden entdeckt hat. Inklusive Sven Jahn, Hillary und Philipp. Und wie reagiert man, wenn einen gerade hundert und mehr Augenpaare anstarren? Klar, man hebt freundlich lächelnd die Hand zum Gruß und sagt: »Moin.«

»Moin«, antworten einige im Publikum höflich.

Aber ich habe nur Augen für einen. Philipp. Hat er eben gesagt, dass er Gefühle für mich hat, aber dachte, das wäre einseitig? Habe ich ihm gestern nicht unmissverständlich gesagt, dass ich ihn liebe?

Gut, danach habe ich ihn von meinem Nachbarn mit einer Schrotflinte vom Grundstück jagen lassen und keinen seiner Anrufe entgegengenommen, geschweige denn eine seiner zehn Nachrichten abgehört, aber dennoch: Wie konnte es ihm entgehen, dass ich verrückt nach ihm bin?

Philipps Augen funkeln mich an - glücklich. Sein Mund verzieht sich zu einem Grinsen – ein richtig breites Grinsen – und seine Wangen schimmern plötzlich rosa.

»Aaah«, macht Sven Jahn, der heute Nacht noch ertränkt wird, wenn er sich nicht schnell genug vom Acker macht, und grinst ebenfalls, vielleicht, weil seine Veranstaltung gerade eine romantische Wendung bekommen hat, »Frau Kohnke, da hat sich der Herr Bürgermeister wohl im Irren geirrt?« Wieder hebt er die Stimme, als sei das eine Frage, aber das ist es wieder nicht und was zur Hölle glaubt er, dass ich darauf sage?

»Ähm ... ja ... hat er.«

Wieder grinsen. Noch immer liegt alle Aufmerksamkeit auf mir, aber ich habe alles gesagt, was ich bereit bin, vor all diesen fremden Leuten zu sagen, also wird es Zeit, das Thema zu wechseln. Aber weder Sven Jahn noch sonst irgendwer tut das, also muss ich das wohl selbst in die Hand nehmen. »Und übrigens eröffne ich ab Herbst ein Yoga- und Bewegungszentrum, das man auch für Spielgruppen mieten kann, falls der Kindergarten ausfällt oder sich Mütter einfach so am Nachmittag treffen wollen.«

Keiner sagt etwas, sie starren mich nur weiter an. Philipp mit diesem bezaubernden Lächeln, Hillary mit den spitzen Lippen, der Rest der Anwesenden irgendwie wie … Fische.

»Werbe-Break, Ende«, sage ich. Thema Ida Kohnke Ende. Bitte jetzt mit der Veranstaltung weitermachen, denn ich hatte genug – wirklich genug – Aufmerksamkeit für ein ganzes Jahr. Na gut, vielleicht ein halbes – ich hoffe doch, dass ich zur Eröffnung meines Zentrums und Hotels ein Interview geben darf.

Sven Jahn wendet sich von mir ab und lächelt Philipp verschwörerisch an. »Na, Herr Bürgermeister, da steht es mit den Kinderlein ja doch nicht so schlecht, wie Sie vor fünf Minuten noch dachten?« Wenn möglich läuft Philipp nun noch roter an. Und auch ich spüre, wie sich die Hitze in meinem Gesicht verstärkt. »Naja, das hat … sicher noch Zeit«, stammelt Philipp hilflos.

»Wenn die Kinderlein denn kommen, werden Sie dann überhaupt noch Zeit für das Amt des Bürgermeisters haben?«

Wieder rutscht Philipp unruhig in seinem Stuhl herum. »Wenn es so weit ist, werden mein Team im Rathaus, meine kleine Familie und ich schon einen gangbaren Weg finden – da bin ich mir sicher. Mein Vorgänger hat ja auch Zeit für beides gefunden. Und noch Zeit darüber hinaus gehabt …«

Das hat er jetzt nicht wirklich gesagt? Er hat jetzt nicht ernsthaft den Seitensprung vom alten Dieter angedeutet? Ach du sch…! Ich beiße mir auf die Lippen, um ein Grinsen zu verstecken. Dieser neue Philipp Jansen gefällt mir außerordentlich gut!

In der Menge wird gelacht, Hillary sieht aus, als wisse sie nicht, ob sie eine Ohrfeige verteilen oder heulen sollte. Und da tut sie mir plötzlich leid. So leid, wie mir damals Hillary Clinton getan hat, die ausgerechnet gegen Trump – der treulosesten Seele Amerikas – verloren hat. Die in aller Öffentlichkeit durch den Kakao gezogene Hillary Clinton verliert gegen einen Mann, der sich sicher auch den ein oder anderen Blowjob unter dem First Schreibtisch hat geben lassen, so wie ihr Mann damals.

Und nun das. Die arme. Sie tut mir ehrlich leid. Die ganze Sache hier rinnt ihr aus den Händen und ich sehe ihr an, dass sie diesen Verlust nach Punkten nicht hinnehmen wird. Margarete ist eine verdammte Kämpfernatur. Und dafür hat sie meinen Respekt.

Sie setzt sich aufrechter hin, hebt die Nase noch ein Stückchen höher und sagt etwas pikiert: »Vielleicht sollten Sie den Herrn Bürgermeister fragen, *wo* er Frau Kohnke kennengelernt hat. Denn trotz meiner Recherchen konnte ich dazu überhaupt keine Hinweise finden.« Okay, sie hat meinen Respekt nicht verdient. Ich hasse sie.

»Und wie wir wissen«, erwidert Philipp trocken, »haben Sie in den letzten Tagen viel recherchiert und mit der Presse *zusammengearbeitet*. Das Reriker Blatt titelt übrigens heute mit der Richtigstellung zu Öxlers Feature am Montag. Und auf Seite zwei wird die Freistellung der Chefredakteurin mit sofortiger Wirkung bekannt gegeben. *Ihr* Name, Margarete, wird im Artikel übrigens ebenfalls erwähnt. Sehr lesenswert.«

Ach? Das wusste ich ja gar nicht. Ich sollte Peda öfter mal die Zeitung klauen und wenigstens den Lokalteil lesen.

»Zu diesem Thema kommen wir später«, verspricht Sven Jahn, als freue er sich schon diebisch auf diesen Teil des Dorfklatschs. »Aber erzählen Sie doch zuerst, Herr Jansen: Wo und wann haben Sie Ihre Freundin kennengelernt?«

Philipps Blick schweift über die Köpfe der Leute und bleibt an meinem Gesicht hängen. Lange sieht er mich an. Dann öffnet er den Mund und sagt: »Im Rathaus. Vor neun Tagen.«

Und damit hat er den Rettungsschirm, den Elin für uns ausgebreitet hat, mit nur wenigen Worten zerrissen.

Erst passiert nach diesem Geständnis gar nichts. Hillarys Augen wandern zwischen mir und Philipp hin und her, Gemurmel setzt ein und schließlich ruft Hillary: »Aber dann stimmt es doch! Sie haben sie *bezahlt*, damit sie mit Ihnen ausgeht! Sie ist eine *Hure*!«

»Sie ist *keine* Hure. Frau Kohnke ist mir zufällig im Rathaus begegnet, ich habe ihr von meiner Lage hier erzählt, dass ich die Wahl verlieren werde, weil ich keine Kinder habe, und da hat sie mir angeboten, mir zu helfen.« Wer verdreht denn da die Fakten?

Notlügen scheinen in Ordnung zu sein. »Und ich war dankbar dafür. Es war dumm, das weiß ich jetzt, aber es war der Strohhalm, den ich gesucht habe, um diese Wahl zu gewinnen. Weil ich Rerik liebe. Weil es meine Heimat ist. Und weil ich Ihr Bürgermeister bleiben möchte. Jetzt weiß ich, dass ich einen Fehler gemacht habe. Und das tut mir leid und ich bereue vieles. Aber wenn die ganze Sache etwas Gutes hatte, dann dass ich Ida Kohnke dadurch kennengelernt habe. Und lieben.«

Ein Raunen der Männer begleitet von verzückten Ausrufen der Damen geht durch den Hafen.

Philipp scheint das völlig egal zu sein. Er hat nur Augen für mich. Als hätte er nur zu mir gesprochen. Ich glaube, Philipp Jansen weiß es nicht, aber soeben hat er sich die Wiederwahl gesichert.

Nachdem das Thema Fake-Beziehung abgehakt ist, wird Hillary gebraten. Ihre Beziehungen zum Reriker Blatt werden ihr zum Verhängnis und am Ende des Abends ist klar, dass hier keiner ihren Namen ankreuzen wird. Kinder hin oder her. Wir Reriker können Lügner nicht ausstehen, basta.

Kapitel Dreizehn

SVEN JAHN BEDANKT sich bei seinen Gästen, das Publikum applaudiert und Hilary und Philipp nehmen sich die Mikrofone ab, wobei Philipp dabei nach mir Ausschau hält. Geduldig sitze ich auf meinem Platz, schüttele Hände, die mir gereicht werden und fühle mich, als wäre der heutige Abend der Beginn einer ganz neuen Zeit für mich in Rerik.

Philipp schüttelt ebenfalls noch ein paar Hände, wiegelt aber jeglichen Versuch eines Gesprächs von anderen ab und kommt direkt auf mich zu. Ein bezauberndes Lächeln auf dem Gesicht.

»Du hast ein neues Video hochgeladen.«

»Und du hast offensichtlich meinen Kanal abonniert.«

»Ertappt. Wie kommt es an?«

»Ziemlich gut. Tatsächlich wollte ich gar nicht lange bleiben, weil ich noch so viele Kommentare beantworten muss.«

»Und doch bist du geblieben. Bis zum Schluss.«

»Bin ich, ja.«

»Dann hast du meine Sprachnachrichten also abgehört.«

»Ehrlich gesagt, nein. Ich bin hier, weil meine Schwester meinte, ich solle dich noch mal fragen, was genau du bereust, aber ich glaube, die Antwort hast du mir eben gegeben. Und ganz Rerik dazu.«

Er nickt und beißt sich auf die Innenseiten seiner Wangen. »Gehen wir ein paar Schritte?«

»Sind es dir auf einmal zu viele Zuhörer?«

»Mir sind die Zuhörer ja eigentlich egal, ich hab nur Angst, dass du demnächst Flyer für dein neues Bewegungszentrum unter meinen Wählern verteilst.« Dieses Lächeln. Meine Güte. Er ist einfach … hinreißend, wenn er lächelt.

»Komm«, sagt er und für einen Moment wirkt es, als wolle er meine Hand nehmen, aber dann macht er nur eine richtungsweisende Geste und wir schlendern zusammen zum Strand.

Als wir außer Hörweite von anderen Menschen sind, stelle ich die Frage, die mir auf der Seele brennt. »Was hast du denn so gesagt? Bei deinen Sprachnachrichten?«

»Puh.« Verlegen fährt er sich durch die Haare. »Viel, ähm …«

»Ähm? Auf einmal so schüchtern, Herr Bürgermeister?«

»Tja, was hab ich alles gesagt, lass mich überlegen.« Er bleibt stehen und schaut über meinen Kopf hinweg auf die Ostsee. »Vielleicht habe ich dir gesagt, dass es für mich Liebe auf den ersten Blick war. Oder auf den ersten Kuss. Dass ich mich auf der Fahrt zum Hafenfest wie ein dämlicher Idiot aufgeführt habe, weil ich lieber über das Wetter als über dein bezauberndes Kleid gesprochen habe. Und dass mir das Herz bis zum Hals geklopft hat, als ich dich beim Hafenfest für die Kamera küssen durfte.«

»Weil du Angst hattest, dass ich dir vor Stefan Öxler eine Ohrfeige gebe.«

Er lacht nervös. »Das, ja. Das und die Tatsache, dass ich dich am liebsten an Ort und Stelle gepackt hätte, um dich wild zu küssen vor all diesen Leuten, das ... das hat mir Angst gemacht. Denn das letzte Mal, als ich so verliebt war, da ... da ging das schlecht aus. Für mich. Wie du weißt. Und ich dachte, Mann, das kann doch nicht sein, dass du dich Hals über Kopf in die nächstbeste Frau verliebst, die dir einfach ihren Mund auf deinen presst. Ich dachte, das würde schon wieder vorüber gehen, aber dann warst du an meiner Seite bei all diesen Terminen und du warst bezaubernd in deinem Bikini und sogar in dem hässlichen Neoprenanzug ...«

»Neoprenanzüge sind sexy, nicht hässlich.«

».. und dann hast du meine Hand gehalten und mir für die Rede Glück gewünscht und da hab ich auf einmal dieses Bild, diese Vision von uns im Kopf gehabt, wie du ... wie du meine Frau wirst und ... und das hat mir Angst gemacht. Weil ich ... weil ich dachte, ich könne nie wieder einem Menschen mein Herz schenken. Also …«

»Also?«

Er schluckt schwer und sieht mir gequält in die Augen. »Am Strand. Nachdem du mich gerettet hast. Da hast du mich geküsst.«

»Wegen Öxler, ja.«

»Ja. Genau, seinetwegen.« Wieder streicht er sich durch die Haare. »Aber ich dachte, du küsst mich meinetwegen. Ich dachte, das wäre dein Zeichen, dass du mich auch liebst. Aber du hast es für die Kamera getan, für meinen Job, nicht für mich. Und als du darüber gesprochen hast, wie es nach der Wahl weitergehen soll, wie wir uns trennen sollen, da … da wurde mir klar, dass ich … dass ich aufhören muss, zu hoffen, dass aus uns mehr werden könnte. Mir wurde klar, dass ich dich gehen lassen muss.«

Verwirrt schüttele ich den Kopf. »Aber wir haben miteinander geschlafen! Ich dachte, ich wäre irgendein One-Night-Stand für dich!«

»Ich weiß! Ich weiß, ich hätte das nicht tun sollen, aber ich konnte in dem Moment nicht nein sagen. Und dir waren die Regeln plötzlich egal und ich dachte mir: Wenn ich schon Regel eins breche, dann ist Regel vier vollends egal.«

»Keine Gefühle«, wispere ich.

»Keine Gefühle. Aber ich hab mich nie an diese Regel gehalten. Ich hatte von Anfang an Gefühle für dich.«

»Hast du deshalb deinen Namen in den Bauantrag schreiben lassen? Weil du da schon Gefühle für mich gehabt hast?«

Der Hauch eines Lächelns huscht über sein Gesicht. »Damals war ich einfach nur vor den Kopf geschlagen, glaub mir. Ich ... nein, im Bauamt hat mein Herz noch nicht bei deinem Anblick ausgesetzt.«

»Warum hast du es dann getan? Elin sagt, damit hast du dich auch finanziell haftbar gemacht.«

Er seufzt. »Das bleibt unter uns, klar?«

»Regel drei – kein Wort zu Niemandem.«

»Du hast mit Gerti über dein Vorhaben gesprochen. Gerti, vom Supermarkt«, fügt er hinzu, weil ich ihn fragend ansehe. »Du hast ihr alles erklärt, weil sie überhaupt nicht verstanden hatte, was du da planst. Ich stand an der anderen Seite des Regals und hab euch gehört.«

»Du hast uns belauscht.«

»Nenn es wie du willst, aber ... ich habe von deiner Idee gehört und wusste gleich, dass wir damit endlich etwas hätten, dass den Rerikern einen Mehrwert bietet. Nicht immer nur alles für die Touristen, sondern für die Einwohner. Deshalb fand ich die Idee gut. Und als ich dich dann im Bauamt wiedergetroffen und deine Stimme gehört habe, wusste ich, dass du es warst, die dieses Zentrum bauen will. Da dachte ich, ich greife dir mit meinem Namen unter die Arme.«

»Und deinem Geld.«

»Wenn es sein muss auch damit. Ich glaube an dieses Projekt, Ida. Ich glaube, es ist genau das, was Rerik braucht.«

Ich betrachte ihn lange. Seine perfekt geschwungenen Augenbrauen, seine grünbraunen Augen, die wunderschöne Nase, die vollen Lippen. »Und du, Philipp Jansen, was brauchst du? Dein Herz wurde gebrochen und ist kaputt. Denkst du, es gibt einen Weg, es wieder zu reparieren?«

Er lächelt geheimnisvoll, als er seine Hände auf meine Hüfte legt und mich näher zu sich zieht. »Mein Herz ist nicht kaputt. Es funktioniert noch. Schau.«

Er nimmt meine Hand und legt sie auf seinen Brustkorb. Ich spüre sein Herz schlagen, wild und schnell und lebendig. »Das machst du«, sagt er mit rauer Stimme.

»Kannst du mir verzeihen, dass ich dich einen Langweiler genannt habe? Denn das bist du nicht. Ich hab mich geirrt.«

»Dann sind wir schon zwei, die sich geirrt haben.«

»Dann hätte ich einen Vorschlag: Wie wäre es, wenn wir damit aufhören, zu glauben, dass wir wissen, was der andere ist oder tut oder mag oder nicht mag? Wie wäre es, wenn wir stattdessen miteinander redeten?«

»Das klingt fantastisch.«

»Prima.«

»Lass uns gleich damit anfangen.« Seine Lider

flackern und sein Blick hängt gierig an meinen Lippen.

»Ja, sofort«, hauche ich. Dann ertrage ich die wenigen Zentimeter zwischen uns nicht mehr, lege ihm eine Hand an den Hinterkopf und ziehe ihn fest an mich heran. Unsere Lippen vereinigen sich, kosten sich gierig und kein Blatt mehr passt zwischen unsere Körper, so fest presse ich mich an ihn.

Plötzlich löst er sich von mir. »Weißt du, wir sollten wirklich reden. Viel reden. Das erhöht die Chancen, dass unsere Beziehung funktioniert, weil ich wirklich großes Interesse daran habe, dass das zwischen uns gut geht, weil ...«

Sanft streiche ich mit meinem Daumen über seine vollen Lippen und bringe ihn damit zum Schweigen.

»Wie Sie wissen, Herr Bürgermeister, habe ich meine Baugenehmigung erhalten. Am Mittwoch kommt der Architekt von Schmalzer und Schmalzer und bald darauf, gibt es jede Menge bei mir im Haus und in der Scheune einzureißen, abzutragen, zu kehren, zu malern, zu tapezieren ... Ich denke, wir werden noch eine Menge Zeit für Gespräche haben. Da bleibt sicher dieser Moment für einen ausgiebigen ‚Juhu-wir-haben-uns-gefunden'-Kuss.«

»Ein ‚Juhu-wir-haben-uns-gefunden'-Kuss? Ahja. Aber sagen Sie, Frau Bauherrin, neben all dem Streichen, Tapezieren und Schuften bliebe da vielleicht auch ein bisschen Zeit für küssen, massieren ... und so übrig?«

»Und so?« In meiner Mitte zieht sich alles zusammen. »Ich denke, ja. Aber erst nach Feierabend.«

Darauf lächelt er dieses bezaubernde Lächeln und ich tue endlich das, was ich schon die ganze Zeit tun wollte, wenn er so lächelt: Ich gehe auf die Zehenspitzen und küsse seinen Mundwinkel. Seine Hände streichen über meinen Rücken, meine ziehen ihn ganz fest an mich und seine Zunge erforscht meinen Mund, bis mir ein wolliges Stöhnen entfährt.

»Wir gehen«, sagt er etwas atemlos. »Sofort.«

»Können wir nicht. Du solltest noch mit deinen Wählern sprechen. Sie warten auf dich.«

Aber er schüttelt den Kopf, nimmt meine Hand und zieht mich noch weiter weg von der Hafenpromenade und seinen potenziellen Wählern. »Auch ein Bürgermeister hat mal Feierabend. Und meiner ist jetzt.«

Kapitel Vierzehn

»Ich eröffne hiermit feierlich Yoga- und Bewegungszentrum Rerik!«

Jubelnder Applaus. Lore steckt Daumen und Zeigefinger in den Mund und pfeift kräftig.

»Vielleicht sehen wir uns ja mal in einem der Kurse«, sagt Philipp.

»Jeden Samstag beim Yoga!«, ruft Carina dazwischen.

»Genau, zum Beispiel samstags beim Yoga.«

Die Menge lacht. Die freie Mitarbeiterin des Reriker Blatts knippst ein paar Fotos.

»Aber jetzt möchte ich Ihnen die Frau vorstellen, die all das möglich gemacht hat. Einen riesengroßen Applaus bitte für die mutigste Frau, die ich je getroffen habe: Ida Kohnke.«

Philipp klatscht in die Hände und während ich mir meinen Weg nach vorne bahne, stimmen die

Gäste mit ein. Schließlich wird es ruhig und sie warten, was ich zu sagen habe.

»Tja, also ... vielen Dank, dass ihr alle gekommen seid! Heute ist ein sehr wichtiger Tag für mich und ich bin unendlich froh, dass ihr mit mir feiert.« Das Herz schlägt mir bis in den Hals hinauf. Ich hatte ja keine Ahnung, dass Reden halten so beschissen ist. Bei Philipp sieht das immer so lässig aus. »Ähm ... es gibt ein paar Menschen, bei denen ich mich bedanken muss ... äh ... möchte. Da ist zum einen natürlich Hans Schmalzer von Schmalzer und Schmalzer. Sein Architekt Klaus Ottken, alle Gewerke, zum Beispiel ...«

»Langweilig«, ruft Lore dazwischen und alle lachen.

»Äh, ja. Ja, hast recht. Ich schreib ihnen eine Karte. Tja, dann möchte ich mich noch bei Philipp bedanken. Meinem Partner. In jeglichen Lebenslagen.« Ich sehe ihn an und er schmunzelt dieses weiche, glückliche Schmunzeln, das nur Menschen tragen, die rundum glücklich sind.

»Du bist mein größtes Glück und ohne dich hätte dieses Projekt keine Chance gehabt. Du hast daran geglaubt, sogar noch bevor du mich kennengelernt hast. Das hat mir die Welt bedeutet und deine Unterstützung hat mich über all die schlechten Tage und schwierige Momente in den letzten drei Monaten hinweggetragen.« Ich schlucke den Kloß in meiner Kehle runter. Jetzt bloß nicht heulen, Ida Kohnke! »Genug der Worte! Zeit, dass ihr ... ich meine Sie ... euch umseht. Außerdem gibt es ein Buffet – vielen Dank an das Café im Buk – und ich freue mich, wenn ihr ganz, ganz lange hierbleibt. Und euch für einen der Kurse eintragt – bei manchen müsst ihr euch beeilen, ich habe schon Anmeldungen.«

Der Applaus trägt mich von der kleinen Mitte, die die Besucher um mich herum geschaffen haben, als stünde ich auf einer imaginären Bühne. Philipp begrüßt mich mit einer Umarmung und einem Kuss. »Ganz schön öde, deine Ansprache«, raunt er in mein Ohr.

»Nicht jeder kann sich einen Redenschreiber leisten.«

»Entschuldigung?« Die freie Mitarbeiterin des Reriker Blatts spricht uns an. »Ein Foto für die Zeitung?«

»Sicher«, sagt Philipp. Er steht hinter mir und legt seine Arme beinahe schützend um mich.

»Sehr schön«, sagt sie. »Vielleicht ein Kuss?«

»Wir wollen es mal nicht übertreiben«, sagt Philipp hinter mir und ich beiße mir auf die Lippen, um das Grinsen zu verstecken. Dieser Philipp Jansen ist nicht derselbe Bürgermeister, der er noch vor ein paar Monaten war. Seit seiner Wiederwahl hat sich so viel verändert. Seine Anzüge zum Beispiel kommen seltener zum Einsatz. Seit er die neue Pressesprecherin eingestellt hat, sind seine Reden nicht mehr langweilig. Und das beste: Statt in Rerik unseren Urlaub zu verbringen, haben wir die Koffer gepackt und sind mit Holly in die Bretagne gefahren. Es hat ihm so gut gefallen, dass es im nächsten Jahr nach Portugal gehen soll.

»Geh mal ein paar Hände schütteln«, rät er mir. »Die Leute sind alle deinetwegen hier.«

»Okay. Aber geh nicht zu weit weg.«

»Ich helfe Timm mit dem Kaffee, der scheint noch eine Hand brauchen zu können.«

»Gott, du machst auch alles für gute Publicity«, ziehe ich ihn auf.

Grinsend marschiert er davon und als ich mich umdrehe kommt mir die erste Hand entgegen, die mir gratulieren will. Es ist die von Karl Dross. Kalle ist zur Eröffnung meines Yoga- und Bewegungszentrums gekommen.

»Herr Dross, wie schön!« Und oh Mann, hab ich plötzlich ein schlechtes Gewissen. Immerhin hat ihn Philipp gezwungen meinen Antrag vorzuziehen und er ist trotz aller Antipathie für seinen Chef mit der Story nicht zur Presse gegangen. Das hätte dem Aufruhr damals vor der Wahl nur noch mehr Auftrieb gegeben.

»Ich muss mich bei Ihnen bedanken«, sage ich. »Dass Sie damals nichts gesagt haben ... Ich meine ... Es war sicher nicht der feinste Zug von Philipp meine Unterlagen vorzuziehen.«

Seine Lippen werden recht schmal. »Ich glaube, ich verstehe nicht?«

»Na, die Genehmigung. Das hätte doch eigentlich bis in den Herbst gedauert. Aber dann ... Überraschung! Na, jedenfalls möchte ich mich dafür entschuldigen, dass Philipp Sie dazu gezwungen hat, das war keine feine Art.«

»Frau Kohnke, ich habe keine Ahnung, wovon Sie sprechen. Herr Jansen hat nie mit mir über Ihren Bauantrag gesprochen.«

Meine Augenlider blinzeln unkontrolliert. »Wie bitte?«

»Herr Jansen hat mich nie gebeten, Ihren Antrag vorzuziehen. Ich hab das gemacht. Eigenmächtig.«

»Aber Herr Dross?! Was ist mit den anderen Antragstellern?«

Schelmisch lächelnd winkt er ab. »Ach wissen Sie, die bauen doch alle nur an ihren Häusern oder so. Von denen hat's keiner eilig. Bei Ihrem Projekt aber ... Mit dem Hotel ... Wenn das nächstes Jahr laufen soll, brauchen Sie doch in diesem Jahr schon die ersten Gäste. Ich weiß doch, wie das läuft: Keine Rezensionen, keine Gäste. Und wissen Sie was: Ich hab meiner Schwester schon gesagt, sie soll ihren Winterurlaub in Ihrem Haus verbringen und dann unbedingt eine Rezension schreiben.«

»Heißt das ... Sie haben von Anfang an geglaubt, dass das hier ein tolles Projekt ist?«

»Klar. Hat man das nicht gemerkt? Ich war total begeistert. Deshalb habe ich doch das Formular mit Ihnen persönlich ausgefüllt. Das mache ich doch nicht mit jedem, der mein Büro betritt und einen Antrag stellt.«

»Und Ihnen Kaffee auf den Pullover schüttet.«

Generös winkt er ab. »Ach, von denen hab ich noch jede Menge. Ich geh zweimal im Jahr ins Outlet, da kosten die weniger.«

Ungläubig schüttele ich den Kopf. »Danke, Herr Dross. Vielen Dank.«

»Ach – sagen Sie doch einfach Kalle zu mir! Das machen alle, die mich besser kennen!«

»Und ich bin die Ida. Danke für alles, Kalle. Nur dank dir können wir heute eröffnen. Und hätte ich gewusst, dass du der Held der Stunde warst und nicht dieser Mistkerl von Bürgermeister hätte ich dich in meiner Rede erwähnt und nicht den.«

In diesem Moment klingelt mein Handy. Es ist Elin. »Einen Moment, bitte«, sage ich zu Kalle und entferne mich ein paar Schritte von den Gästen. »Elin, hi! Ich hab grad die Eröffnung.«

»Und ich ein riesiges Problem!«

»Problem? Wie kann ich helfen?«

»Ich brauch ein Zimmer. Nächste Woche.«

»Du meinst die nächste Woche, die morgen beginnt?«

»Genau die.«

»Das ist aber ganz schön spontan! Wie lange willst du denn bleiben?«

»Bis ich einen verdammt guten Artikel habe, der macht, dass mich meine neue Chefin nicht rausschmeißt.«

»Oh, okay ... Aber im Hotel ist noch Baustelle, es ist laut und schmutzig.«

»Ida, wir reden hier von unserem Zuhause. Wann war es dort nicht laut und schmutzig?«

»Stimmt auch wieder. Na dann – bis nächste Woche. Gib mir durch, wann du genau anreißt und ob ich dich vom Bahnhof abholen soll.«

»Mach ich. Bis dann!«

»Tschau.« Ihre neue Chefin will sie rausschmeißen? Auf die Story bin ich gespannt. Ich drehe mich um und pralle mit Timm Seefeld zusammen. »Oh Timm, entschuldige, ich hab dich gar nicht gesehen.«

»Sorry, hab mich angeschlichen. Hab ich richtig gehört? Ein erster Gast hat sich angekündigt?«

»Äh, ja.« Nervös beiße ich mir auf die Unterlippe.

»Cool! Jemand den man in Rerik kennt?«

»Kann man so sagen. Es ist Elin. Elin kommt nach Rerik.«

Der Blick in seinem Gesicht spricht Bände. Und er sagt mir, dass ich Timm Seefeld für die Dauer von Elins Aufenthalt nicht mehr zu Gesicht bekomme.

Wie es weitergeht, wenn Elin Kohnke aus

Hamburg in die Heimat zurückkehrt und dort ihrer ersten Liebe begegnet, liest du im nächsten Ostsee-Kurzroman »Ein Ex zum Verlieben«.

Du willst mehr von Ida und Philipp lesen? Dann besuche meine Webseite www.livstrand.de und trage dich für die Ostsee-Post ein – so sicherst du *dir das kostenlose Bonuskapitel »Die erste gemeinsame Nacht – aus Philipps Sicht« und weitere Bonusszenen zu den anderen Bänden in der Meer und Liebe Reihe.*

Alle Bücher der Meer und Liebe Reihe

Café mit Meer und Liebe, 2,99 Euro
Zweite Chance für die Liebe
ASIN bei Amazon: B0CJ17TY7D

Pferde mit Meer und Liebe, 2,99 Euro
Ein Neuanfang mit Kind
ASIN bei Amazon: B0CJ17TY7D

Hochzeit mit Meer und Liebe, 2,99 Euro
Grummeliger Er trifft tollpatschige Sie
ASIN bei Amazon: B0CR82HJ9Z

Rockstar mit Meer und Liebe, 2,99 Euro (Erscheint am 12. September)
Zweisam mit einem Rockstar

ASIN bei Amazon: B0CKNVRL1G

Blumen mit Meer und Liebe, 2,99 Euro (Erscheint am 14. November)

Ein Erbe mit unliebsamem Mitbewohner

ASIN bei Amazon: B0D9GY23SS

Bonus-Szene in der Ostsee-Post

DU WILLST MEHR von Ida und Philipp lesen? Dann besuche meine Webseite www.livstrand.de und trage dich für die Ostsee-Post ein – so sicherst du dir das kostenlose Bonuskapitel »Die erste gemeinsame Nacht – aus Philipps Sicht« und weitere Bonusszenen zu den anderen Bänden in der Meer und Liebe Reihe.

Ab an die Ostsee – wenigstens für eine Traumreise. In meinem Newsletter nehme ich dich mit an die Küste, wir lauschen den Wellen, machen Ausflüge zu Leuchttürmen, gehen gemeinsam baden und treffen die Charaktere aus den Liv Strand Ostsee-Kurzromanen. Trag dich ein in die Ostsee-Post und freu dich auf einen Kurztrip ans Meer.

www.livstrand.de

Damit ich dir die Ostsee-Post schicken kann, benötige ich deine Mail-Adresse. Ich verspreche dir, deine Adresse sorgfältig zu verwahren, niemals an Dritte weiterzugeben und natürlich kannst du dich jederzeit aus meinem Verteiler austragen. Ich freue mich auf dich!

Deine Liv Strand

Danksagung

ZU ALLERERST GEHT mein Dank an meinen Partner. Lebenspartner, Erziehungspartner, Sportpartner, Partner in Crime - you name it. Danke, dass du immer an meiner Seite bist. Ein Teil von dir steckt in jedem meiner Helden.

Ich bedanke mich außerdem bei meiner Sportpartnerin aus vergangenen Tagen, meiner ziemlich besten Freundin Martina, der ich die Frauenzeitschrift »Martina« widme. Du bist der stärkste Mensch, den ich kenne und ich hoffe, ich konnte dir mit dieser Geschichte ein paar schöne Stunden verschaffen. Das nächste Jahr wird dein Jahr, Süße!

So wie es Rerik an der Ostseeküste gibt, so gibt es Baiern in Bayern. Dorthin schicke ich die allerliebsten Grüße und ein dickes Dankeschön. Seit Jahren begleitet ihr und vor allem du, liebe Simone, auf meiner Reise. Mit diesem Buch konntest du mal etwas ganz anderes von mir lesen und ich danke dir für dein immer ehrliches Feedback. Ohne dich würde es meinen Büchern an etwas fehlen.

Ich danke allen, die mich zu den Geschichten an der Ostsee inspiriert haben. Nichts von dem, was hier steht, ist so passiert. Dennoch basieren die Ideen dazu auf realen Menschen. So bedanke ich mich bei Oberbürger Jojo, bei Ines, Martina, Anke, Claudia, Julchen, Sybille, Carina, Julia, Julia, Katie, Marcel, Marika, Mady, Simon, Ben, Jörn, Katrin, Clint, Andreas, Claudia, unserer Lokalzeitung und vielen mehr.

Mein letzter Dank geht an dich – danke, dass du meine Bücher so sehr genießt! Es ist mir eine Freude.

Deine Liv

1. Auflage
Erschienen am 21. September 2023
ISBN: 9798869807830
Herausgeberin: Liv Strand
Tischardter Straße 15
72622 Nürtingen
E-Mail: schreib@liv-strand.de

Printed in Poland
by Amazon Fulfillment
Poland Sp. z o.o., Wrocław

49742850R00125